我只是來借個靈感

◉凌明玉／著

聯合文叢 658

目錄

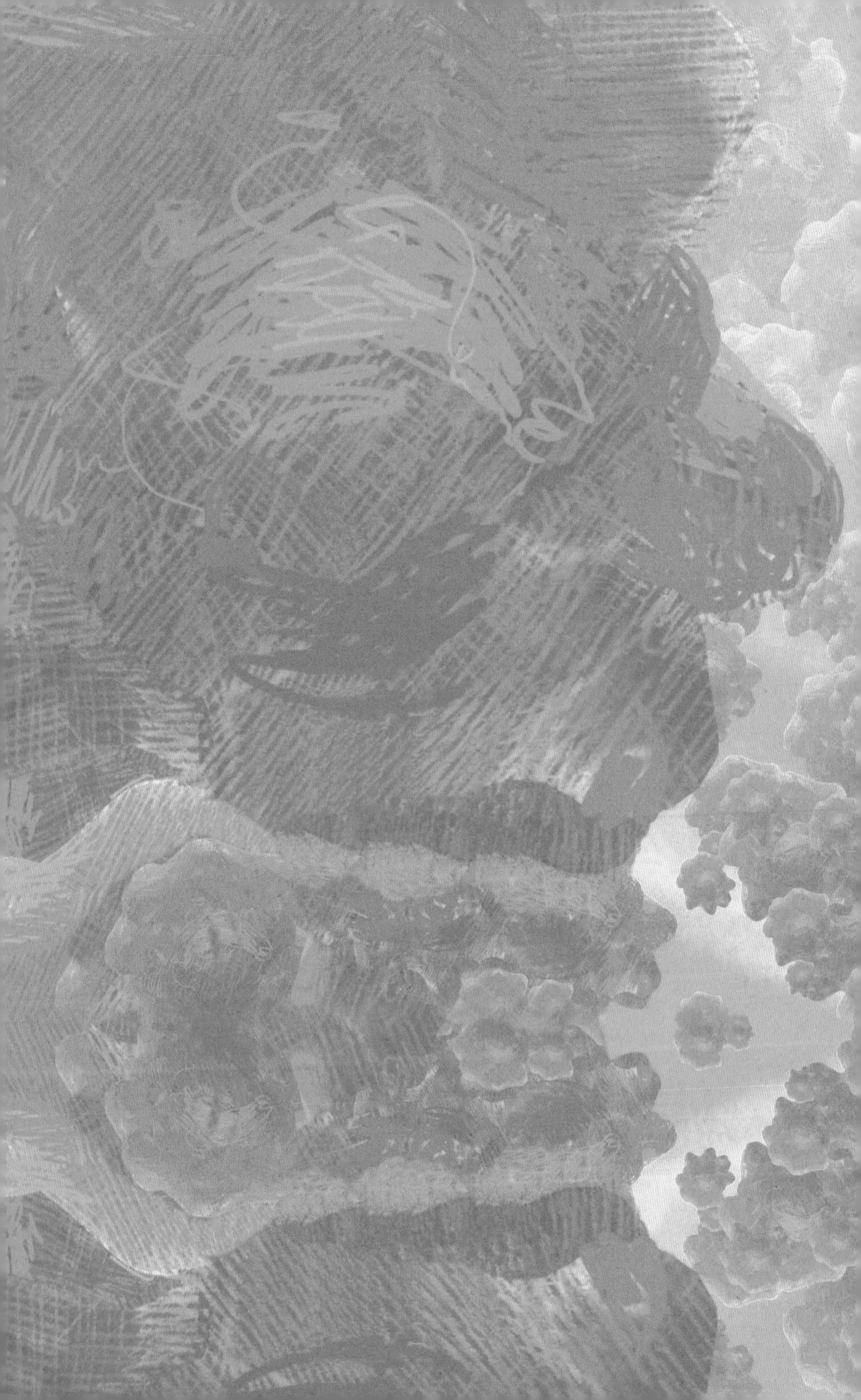

我只是來借個靈感

凌明玉 著

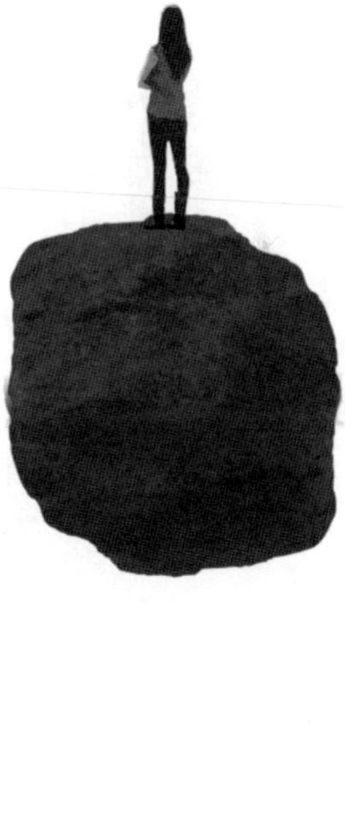

【推薦序】

走著走著，就這樣去到了遠方

吳妮民

彷彿是為日後交往的形狀定調，我和明玉姊相識於一場旅途中，那是二〇一三年，某趟文學交流團。將近十天的朝夕相處讓我們幾個吱吱喳喳的女生結為朋友，回國後，明玉姊與我不時會交換些生活瑣事、旅行經驗、或身體病恙的討論。出門次數極多的她，甚至成為我們打包行囊的軍師——她曾與我分享在酷寒雪地裡，該怎麼穿搭、置備暖暖包、冰爪、防寒手套等。我除了佩服感激，也對明玉姊產生了意象的連結，噢，她似乎一直在往遠方的路上。

因而明玉姊的新散文集《我只是來借個靈感》，或許，可以被視為二〇一一年出版《不遠的遠方》、和二〇一八年與設計師小女兒合作《聽貓的話》圖文隨筆的延伸及對照。我總喜歡這樣交相閱讀作家的前後作品，拉大時間幅度，更能讓我清楚看見寫作者風格的細微調整，以及一段生命變化的歷程。

那麼，還是先回到《不遠的遠方》吧。這本多成於二十一世紀第一個十年的散文，充滿作家凌明玉都會生活的敏銳觀察、梳理。相形工整細膩的文字，疊出富有溫度的城市小品，生動描摹巷內叫賣包子的小販、窗外高架橋上車禍的男子、或購買跑腿服務的日常經驗。當寫作者回到自身，是她寫成長中那段因父母離異、不斷轉徙寄居的少女生涯，寫如何在迴轉壽司店，由配送的履帶聯想起年少打工裝配零件的畫面。

九年過去，生命兀自跨步向前，各式改變流過，它同樣反映在作家的筆尖。《我只是來借個靈感》，這部取名脫胎自小說家馬奎斯作品〈我只是來借個電話〉的散文集，呈現了作家凌明玉邁入中年時歲後的人生切面：當年育養的女兒長大離家了、相伴的J退休了、身體器官逐漸失守了……然而，時間消逝換來的，也有原先意想不到的好處，譬如，作為一個社會中總被賦予太多期望的母親，明玉姊近年卻因生命階段的變化，開始得到更多實質上的自由，她與提早退休的先生勇於圓夢，以頻繁的旅行閱讀世界，並讓豐富的旅途反饋在自己的寫作上，是故，在《我》集裡，讀者會見到一輯完全的旅者書寫，那文字也是悠緩自在而散逸的，沒有什麼嚴肅說理的情節，沒有好些資深旅者刻意的示範，有的是關於旅行中那些私密的小小的、供讀者自由取用的心緒。她寫丟失行李、擼貓、在矗立著摩埃石像的島上放空，都有這樣的味道。特別喜歡她〈遠方的果實〉敘述旅次中吃石榴、吃桂花糕，「從未嚐過石榴的我，先取一瓷盤將果實立於其上，支解果實宛如打開禮物，剝開外皮瞬間，一股酸甜氣味徐徐擴散，緊接著翻出分為六個裂片的內裡，密密麻麻的小種籽像是長久低調藺居於此，而我打破了如此的寧靜。鮮紅色澤的小種籽，彷彿淚滴，填滿我的視線——」那豔紅的石榴，遂被她寫得如同精美的寶石盅；而「竹籤串起的長條狀桂花糕，一顆顆糯米間有探出頭的桂花瓣，頂端蘸上蜂蜜一口咬下，又糯又香甜的口感，比想像中更為芳香……」由桂花糕，她繼續走筆至琦君，是再文學性也不過的吃食隨想。

文學習慣上，我熱愛讀小說家的散文作品，有時甚至比該作者的小說作品更能引我興味，主要也是因小說家換了敘述體例，往往就換了個人，回到後台，變得沒那麼肅穆，好像與讀者更親暱些、更推心置腹一點。村上春樹的小品，張愛玲的私語，都給我這般感受；明玉姊的散文集，也有剝除小說家外包裝，暴露原廠設定的作用。仔細觀察，作家的核心記憶會散布其間，一如音樂中的主題旋律再現：

「特別喜歡觀看照相館櫥窗那幾張全家福。如果我也擁有一張全家福會是如何？我忽然很慶幸沒有那張照片。」（〈回憶的單行道〉）

「誰不願擁有平和順遂的人生，不是我不願丟掉這個刺，而是身上扎著刺才是完整的自己。」（〈寫若琴弦〉）

「十四歲，因父母離異，經常寄居在親友家，我可以隨時打理好一個包包，前往未知之處。外婆、姨婆、舅舅、同學家都住過不長也不短的時間，破碎時空有如吉卜賽遷徙，每到一地，必須記取新路線，遵襲他人作息，吞嚥厭惡食材。直到將自己活成不像自己的樣子，差不多又要換個地方了。」（〈N歲出門遠行〉）

使讀者揪心的，是她無意中聽到朋友的抱怨，「『我好討厭她——幹嘛每天來我家，真不要臉，還賴在這裡吃飯。』」她為自己辯駁，「那女孩貪戀著家的氣味，才會一次次靠近那裡。」（〈如果我們的語言是小說〉）

這些傷人回憶被反覆淘瀝，足以讓敏感少女自卑自艾的流轉前半生、說自己是「被遺忘的行李」的童年印象……中年時期再次書寫已褪去波瀾，只留下平靜口吻。

但我相信，當寫作成為一種生命的整理及再詮釋，所有的線索都能被收攏，上溯至人生的最基調。照見自我，這是文字的力量，也是屬於寫作者的特殊能力，我從作家凌明玉的散文集，再次印證這樣的想法。尤其，在讀到了這個句子後：

「我要有一個家。」我說出了童年那個願。這是那一年遇見你時，最美好的願想。（〈願想〉）

所幸，願想成真了。流離的女孩遇到陪伴她的人，構築了家，相偕走過前半生，現在則一起啟程，攜手去到所有可能的遠方；終於出走不是為了下一趟寄宿，而是要與所愛之人共享。這或許是那年迷惘掙扎的龐克少女，不曾想像到的未來吧——原來，只要堅持走著走著，不知不覺，也可以就這樣抵達了遠方。

最後，祝福始終在旅途中的明玉姊，也由衷祝福她的散文集。

如果我們的語言是小說

輯一｜我只是來借個靈感

時光機

我是夏天出生的孩子，還記得小學最後一個暑假，得到一份不算特別的生日禮物，那是印刷精美的日記本，還帶有小巧的鎖頭和鑰匙。

這段唯一沒有作業的快活日子，除了等待讀國中這件大事發生，每天都非常無聊。有幾日，暗自咒罵送日記的長輩，他這般殘忍剝奪讓我開心一天的權利，非得要折磨我一年。

年少的生日，不具任何意義，只是提醒自己更加孤單罷了。

一點也不喜歡這份勞累的禮物，但是放暑假才過生日的人好像活該被全世界遺忘，默默吃著外婆做的水果蛋糕，心想人緣真不是普通差，除了長輩，沒有任何一個同學記得。

生日在小人的心眼是無限放大的一天，被遺忘這件事，讓我感到無比哀傷。

那段假期住在外婆家，若是舅舅們看到我躺著歪著沒日沒夜看漫畫，便有意無意說，那個日記不會拿起來寫，真是墮落無可救藥哪。話雖如此，我仍然閒散過日，外表一派輕鬆有如盛夏晴朗陽光，內心卻翻攪陰雨。

非得離開自己的家住到外婆家，充滿怨恨難消的情緒，試問誰會將這些話寫下來，歡迎大家來參觀。寫日記更是愚蠢至極的行為，那把鎖可以鎖住的都不是秘密，寄人籬下的我，始終這麼想。

直到那年夏天結束，成為國中新生，我在學校輔導室附設的圖書室得到個打工的機會，說是打工不過是下課十分鐘去那裡登記借還書。藉由地利之便，整個學期涓滴累積閱讀不少經典名著。其中《安妮日記》開頭即攫住我的目光，扉頁敘述的第一天正是安妮的生日，而她也收到一本日記。

接下來的情節，更讓我的視線為之焦灼：「若發生了一件事，我總希望能將它寫下來，不僅僅如此，我還希望能寫出在我內心深處的感受……我為什麼開始寫日記，那是因為我並沒有一個知心的朋友。」

每個字彷佛小鼓點打在安靜的圖書室裡，我在心中吶喊，啊！有人和我一樣孤單，有人為我寫出那無以名狀的無助。

安妮在她的年紀便體認到沒有一個「真正的」知心朋友，值得讓她託寄所有的秘密，包括外在幽微的變化、成長的苦澀甜美，安妮繼續寫著：「因為不會有人相信一個十三歲的小女孩，會覺得自己是如何孤獨的活在這個世界上。」讀到這裡更加激動，安妮是解語花，是我的手帕交，她為我說出了長久以來難以啟口的苦悶。

隨著日記前進的是「過去的時間」，像搭上時光機，穿越到遙遠國度，身在阿姆斯特丹的安妮一家為逃離納粹追捕，躲在不見天日的藏身處，讀著安妮日記像陪著她梳理著無望而糾結的心緒。

日記是安妮虛擬的說話對象，她喚它為「凱蒂」，真實的安妮被困在荷蘭運河旁的隱密處，真實的我寄居屏東的外婆家，抱著《安妮日記》和安妮一起度過失去家的第一個季節。

當時處在這莫可奈何時空的我，讀著她的日記，有種說不出的微妙感受。安妮是我，我亦是安妮。在外婆家的時間緩慢且近乎停滯，我偷窺著另一個少女的暗戀，密藏的暗黑時光，透過狹小天窗聆聽地面行人的篤篤足音，以及藏匿在心底絕望的吶喊。

這段時間，我是神隱少女，也是安妮，身心分離的氛圍，因為《安妮日記》

讓我靠近文學，同理另一個灰暗靈魂，也釋放了自己被禁囚的心靈。

慢慢的，當我開始寫下屬於自己的日記，翻閱過往，有時像一首歌，唱著青澀的哀愁和美麗，有時狹窄的眼光如蜀道，難以上青天寬容見日。這些心思，攀附在流水奔逝的時間被書寫著，撥動時光機刻度，一樁樁從發芽瞬間結果的事件，讓我忽然了解關於永恆原來是這麼一回事啊。

之後，直到身邊有關注我的人出現，才知道原來生日那天，可以自當夜十二點像灰姑娘參加舞會，忽然出現馬車和鮮花驚喜，整個日夜，喜歡的人費盡心思讓我快樂。

生日慢慢變成行事曆上值得期待的一天，也逐漸擁有美麗紀念，以及伴隨悲戚之日而必須隱藏喜悅的時日。

記得外婆辭世那年，料理後事期間，做七的法會，跪跪起起，拈香叩首，眼淚婆娑中沉默度過漫長的時間。那日也是十幾年來，初次沒有蛋糕沒有禮物，只有傷痛縈繞的一天。三十而立的我才懂得相較死亡，有生之日，實在輕盈如塵。

毫不張揚的生日，彷彿重返青春期。想起那段時間將近六年，父母為躲避債務，不知於何處流浪，杳無音訊不說，自然也不在乎盼望過生日的女孩。

少女時代的生日，每次都像外婆離去的這天，安靜，傷感。

之後的之後，年歲越過不惑，生活諸多殘渣，記下瑣事彷彿徒勞。開始勤於寫作後，仍持續思索人為何要苟活於世，活著尋找答案，或許是生而為人每一日的功課或懲罰吧。

閱讀和寫作，如今於我也是日記一種，不受時間拘束的寫，慢慢將感受低陷的情緒打磨成段落和字句，安放在尋常日子。

當少女已老，跨過父母離去的年紀，自己也成為母親，初老後生活有了餘裕，不再只關注生之窄仄。馬齒徒長唯一的好事，是可以厚著臉皮撫慰老去卻仍舊易感的心吧。

偶然看到日劇《倒數第二次的戀愛》女主角的生日感嘆：

生日主要慶祝兩件事：第一件事當然就是慶祝你做為一個生命的寶貴誕生，另一件事，則是慶祝你平安無事地生活到了今天。其實隨著年齡的增長，慶祝生日反而是日趨重要的一段過程，四十六歲的生日，比起二十三歲的生日，是加倍甚至在那更之上的偉大美好。這每一根的蠟燭，都是你努力拚命生活至此的證明。

原來蛋糕上搖曳的燭光，是時間裡朦朧放光的線索，少女時代已將生活拚累拚老，這個年歲的確比年少來得順遂安好。往後，我只需為了父母賜予的生，好好活過每一年而感到僥倖。

年至半百，方才恍然所謂生日呢，累積的不過是吹滅每一枚燭火的力氣。

回憶的單行道

春天結束前，想讀《班雅明作品選——單行道．柏林童年》，百思不著書借給誰，只得去圖書館借回來讀。整晚捧著書，行行段段讀它，作家童年彷彿全景幻燈播放的手搖影片，想起小時候愛看的卡通《小甜甜》。

班雅明說，「全景幻燈特別引人之處是，你從任何一個地方觀看都是一樣的……畫面中那些遙遠的地方對他們其實並不總是陌生之地，而是一種回家的召喚。」遠離家鄉流亡異地的作家，想念的其實不是童年玩耍之物與事，而是童年裡的自己，那確實生活在家鄉的小人兒所擁有的時間。

童年直至少女時期的我，每次看《小甜甜》，不想糾纏於安東尼和陶斯的小情小愛，吸引我的畫面永遠是主角獨自漫步的山坡，堅強的眼淚，她一個人面對脆弱的時刻。

我曾如此羨慕，如果我和小甜甜一樣是體制中被排除在外的人就好了。

我想像，孤兒院裡安靜的空氣，不會有人小心探問試圖解密，所有單數集合讓遺棄變得理直氣壯，沒有誰會同情誰，同類的眼光讓人如此安心，並且讓我幾乎就要相信父母的忽然離開只是夢境。我和小甜甜都在同一個夢裡。

還有《小英的故事》，同樣也有個孤獨的角色。國中時期，寄住過兩位同學家，其一，她家社區的小公園旁有間照相館，店家養隻小黃狗，總乖巧縛在騎樓大柱子下。每次經過櫥窗都會下意識逡巡那些照片，幾幀照片不曾更換，彷彿照片中的人不會老去並理解我的注視，靜靜微笑，只是對我。

此時，小黃狗也會對我吠叫兩聲，最多兩聲，從無增減。我曾蹲下來失心瘋和小黃說，我們走吧，就像小英帶著小黃駕著馬車，快帶著我去找不知於何方流浪的雙親，我們一起奔赴遠方看看其他地方的風啊雲啊，花和樹。

小黃狗的牽繩容許走晃的半徑不越一尺，此生牠便安於來回踱步這狹小場域。從未見過店主人在公園或附近街道與小黃狗晃遛，牠可能不知隔條馬路的自助餐店有隻碩壯秋田犬，也不會遇見牽著兩隻哈士奇的大男孩，他常穿著連帽的運動夾克，黑色的愛迪達外套，人狗一路追跑跳蹦，好看的模樣，那才是令人嚮往的青春。

我和小黃狗終究沒有馬車，失去出發的理由。每次想要遠走卻又安靜地回到寄居之處，那天的空氣總是格外潮濕，連曬在天井裡的制服都晾不乾，滴答淌著水。

我回到寄居處，打開原本是儲藏室的狹小房間，寫著沒有地址的信，不知名的遠方又有誰能收到呢。小英曾在一個湖中孤島打造自己生活的小屋，那段情節不論回放幾遍皆能引爆淚腺。沒有家就自己造個家。她還有自己。

在小公園散步時，特別喜歡觀看照相館櫥窗那幾張全家福。十吋或十五吋，不論大小看起來說明著幸福，沒有更老一點更胖一點，我難以想像被放大的笑容，經歷多年不曾虛假。那剎那，大概只能盡力笑著，因為往後必須禁得起檢視與觀看。

如果我也擁有一張全家福會是如何？

我忽然很慶幸沒有那張照片。

照片是歲月的比例尺。每個曾看過我分別和爸媽合照的人，朋友讚嘆妳真是一點也沒變，從小就是壞脾氣又彆扭的女孩，看那嘴巴噘得半天高，可以垂吊一塊五花肉。夾藏在日記裡的照片，我與年輕的父母彼此依偎，懷孕的媽媽與結束兵期歸來的爸爸，他們牽著我的手應該期待著弟弟加入，後來，為什麼又各自離開了呢？

我反覆觀看著兩張照片每個細節與細微表情，裁剪各種尺寸置放在相框、皮夾、日記本，以及心裡凹陷的位置，貼著放，彷彿在最幸福的時刻，大家都還在一起。

《班雅明作品選》讀至中途，書頁中悄然滑出兩張影展票券、一張餐館發票，推敲這書跟隨上位借閱者看過電影又去了餐館吧。

那麼，我的回憶，又該往何處安放，或者，那是必須獨自前往的單行道，一個人，沒有盡頭的路。

夏天到了，回家鄉時，刻意坐車經過陸橋旁的國民住宅社區，還是熟悉的站牌，下車步行環繞社區一圈，小照相館居然還在，我卻不敢去確認記憶裡的吠叫聲了。

住在小說場景旁

我住在小說場景旁，有多近呢？就是一窗之隔。

被雨滴醃漬了幾日的窗，模糊了遠方建築和山巒，一幅靜靜寫生，躺在午後的空白裡。何時養成的習慣已不可考，搬到這社區後，經過後陽台，總是如入無人之境，從一扇窗遙望它，倒是遺忘自己也身在一個巨大場景，被觀看。

由後窗望去，樹木和建築，暗灰色澤墨綠並置，靜止如常，如同初次見它，這場景存在於一篇小說裡已有十幾年，或許更久。

粗壯雀榕和小葉欖仁將此處天空遮住一大半，幾株大樹像數把被遺忘的舊傘，靠在我們社區大樓旁，有點虛弱有點黯淡。少有人從撐開的傘下走過，經過它身邊，通常只注意簇新樓房或新建的花園亭臺，它在城市邊陲全然不曾改變，似乎只有我注視著它。

偶有哨音或音樂從那傳來，我總無法稍待，在臥房窗口遠眺，是遇見它最近的距離，視線所及樹稍，透過葉縫枝椏仍清楚聽見它的雀躍心跳。

有時夜來一陣悠揚提琴聲，黃昏時也曾聽聞直笛加上鈴鼓合奏，今天是沖繩歌謠，行行復行行，幾小節的旋律不斷重複，那旋律似乎寄託了夏天的願望，一次到遙遠海邊堆沙踏浪的旅行。住家後窗那方的孩子們常為特定活動勤於練習，這些演出他們是否開心或厭惡，這念頭僅在腦海一閃我都覺得羞慚，若能自由選擇，他們也不會一直待在那裡了。

十幾年前就存在小說中的場景，在我筆下是城市裡低陷的淺水坑，積蓄了被丟棄的寂寞和傷痛。

望著那些孩子編織事件的我，一離開窗口，便回到尚稱簡單的生活，偶爾煩憂寫作進度，間或為了五斗米出門工作幾小時。難免抱怨錢少事多離家遠，然而不管離開多久，總有個家在等候。我有一把屬於自己的鑰匙，喀擦轉動，即可獲得隱密安穩的空間；從未設想過有天我會移居至此，日日與它聲息相聞。

鄰里的投票所十有八次設立在小說場景裡，隔幾年會發現它整修了牆面或增添新書櫃，內部擺設也常搬移挪動。不論它如何整治外觀或改換內裡，於我而言，它仍是那個具有情感的地方，不同的是安居一旁的我們，買了一棟房子，擁有一輛車，女兒上幼稚園讀小學，我開始過著真實生活，那場景卻封存著虛構情節，停滯在某一段時光。

三層樓的小說場景，身邊依偎著高大雀榕，榕樹親密環抱著頂樓碩大的籃球場，蓊鬱綠意中奔跑的孩子，如此歡快。從十五樓俯瞰它，如此嬌弱瘦小的體格，還可撐起孩子們歡愉的追逐日月辰星，有時怔怔望著搶球投球的身影，忍不住從半空截來一串笑語寫起故事。

天台的孩子似乎靜止在相同時間，每回眺望他們的面容與下一次或再下一次存在極小差異，無法以肉眼判別有誰離開、誰加入、誰長了喉結、誰削去長髮，我不過是鄰人、陌生人，他們甚至無視於我的存在。

顧自寫下我所想像的事，我的眼睛是冰冷望遠鏡，只將想要的故事拉進視線，經常為這般窺視感到些許愧疚，在城市邊境沒有家的人集散於此，那憂愁的能量足以讓周遭幾個社區的幸福安康顯得自私。或許我不該走進那個不停虛構的故事裡，這不是一篇小說，而是真實。

十幾年前附近都是高樓，這兩幢房子是森林中的童話屋，舊日裡騎著單車從老公寓抵達小說場景只要十五分鐘，場景裡有兩層樓的小圖書館，沿著館後右側一條小路，約莫二十步距離，便會瞧見那低矮建築是幢三層樓的育幼院，正是我從高樓望去的小說場景。

剛開始寫作時，最常泡在育幼院旁的袖珍圖書館，據說它是中和地區最早設立的圖書館，那時館裡的小說與散文藏書僅有一個六尺書櫃，像長期營養不良似的面色蠟黃瑟縮在角落。

看完這櫃書後，我像《情書》電影中的藤井樹開始研究書本後方的借閱卡，昔日還是直接寫上借閱者的姓名，不知哪來莫名虛榮感作祟，一股蒐集整套公仔或卡通吊飾的執拗，一再翻閱那櫃夾藏我名姓的書籍，按照出版社或作者或題材重新排列那些紊亂的書，對其他書報雜誌毫無興緻撥弄。當然這一切終究徒勞，幾日後，書架總會自動回復秩序，正常按照書號排隊。

搬到育幼院後方的社區後，新穎寬敞的央圖分館成為我每週必訪之處，我不再去小圖書館看書，只是從高處凝視它，如同照看一株不會移動的植物。我曾想像這小巧分館，彷如村上春樹筆下讀取頭骨記憶的圖書館，我將暗淡的人生片段寄放在此，圖書館不只輸送知識也換裝思維，成為篩瀝時光的空間。

曾經有個剛退伍的男孩來到圖書館，偶然與一個喜歡用及肩長髮遮住面容的女孩萌生淡淡情愫，來不及發酵為愛，男孩離開了，女孩消失了。不久，男孩告別衝動與青澀，女孩離開公主幻想，他們成為想像中那個更好的人，然後在城市某個角落遇見彼此。原始想像架構成小說，意念緩緩成長為紮實根節，粗獷長藤往上蔓延攀上高樓，灑下傑克魔豆的奇異能量。

當我俯瞰此地，時間過了這麼久，小說中的人物早已遠走，只剩下說故事的人。

未來的某個時刻，遠觀這場景的頻率將遞減為負數，慢慢的，連一點點好奇都不剩，可能需要調動一些儀式召喚往昔，輾轉想念那個曾經在小說場景裡年輕無畏的我；或許移居它處後，難以興之所至再朝那場景望一眼，然後不免得反覆確認記憶的位置，最終悵然發現，天台上那些孩子其實不曾存在於過去。

許多酸甜細節就這樣緩慢成為句型，未來得以蘊釀成有滋味的零散段落，因為小說場景外的我們，一直在這裡生活，不曾離開。

我仍住在小說場景旁，經常虛構生活，開始講述一些美好小事，偶爾想起舊時熱情。最初遇見這場景的憂傷喜悅，成為時間結界，將小說裡沒有結局的缺口封印起來，我曾遙望的孩子們已經得到家的守護，而我仍然擁有天真的能力。

為貓毫不隱匿

1

佐野洋子在《貓咪請原諒我》書中提到，她家裡已經有兩隻可愛的貓，於是想挑戰養養看醜貓。

有個機會真的將一隻其醜無比的貓帶回家養，這貓有多醜呢？洋子這樣寫著，「說顏色沒顏色，說花紋沒花紋。所有的顏色交雜在一起，簡直像吸塵器裡的一團垃圾。大抵看起來是灰色，但隨處又夾雜著淺褐色，所以看起來就更髒了。」

最後洋子用盡一切努力真的撐不下去，尤其她見到醜貓被其他兩貓漠視，還天真的跑來跑去，也很有氣勢的邊哈氣邊吃飼料，兩貓總是遙遙瞅著醜貓。「小貓似乎知道，必須這樣靠自己在這世界戰鬥，才能活下去。」

洋子望著醜貓在這個家生存的方式，她覺得自己彷彿這隻貓，一路艱辛的活著，她既沮喪又憂鬱，最後只好到處詢問親朋好友要不要認養，幸好後來有對年輕夫妻認養了醜貓，洋子頓時放下心又感到自己實在太可恥了。

明知養美貓能使自我心情愉悅，卻偏反其貓而行堅持養醜貓的邏輯，讓我聯想到安伯托・艾可《醜的歷史》一書提到「我們說伊索匹亞人醜，但伊索匹亞人自己認為他們之中最黑的人是最美的。」另又提到伏爾泰（Voltaire）在他的《哲學辭典》（Philosophical Dictionary）裡說：「詢之於魔鬼：他會告訴你，美是一對角、四爪，和一條尾巴。」可見美於不同的價值和道德與人種的觀點各有所異。

醜相較於美，它的特殊性在於極限吧。來到我家的第二隻貓便是整窩橘子貓裡唯一的三花，她的臉可真花，連腳掌都花。幾次探望，嗷嗷待哺的五隻小獸她總被孤立排擠，小花仍努力突破重圍挺進貓媽媽的乳房，可憐的小花花，我要她！

親友皺眉不解，怎會認養這醜小貓？其他的小橘子不是很可愛嗎？

哪裡醜？看她眨著明亮大眼睛，好奇地歪頭沉思的表情，彷彿在說，我很美啊。這樣的氣勢令人折服。

回家以後，小醜貓要面臨另一個挑戰是，與另一隻相差七歲大貓相處，而這隻大貓恰好是毛皮滑順雪白的美貓。所有的擔憂都是身而為人自尋煩惱，只見小花花不消兩天功夫便依偎在美貓懷裡，此後兩貓須臾不分相愛相親。

美醜的定義，如同尼采說，「在美這件事上，人是以自己為完美的標準」。

佐野洋子談醜貓這篇文章的結尾亦是，因難以跨越自我設限的障礙，好不容易送走醜貓，最後她還是又養了一隻氣勢頗強的醜貓，全文讀來是洋子娓娓敘述如何挑戰養醜貓，實則對應到自我的脆弱呢。

而我想養醜貓的原因呢？或許是思索到人這個物種和所有動物都是生存於同一宇宙，何以霸道制定美醜界線，肯定是人類之心比其他物種更為黑暗殘忍的緣故。這才是真正的醜陋。

2

偶然在臉書「種籽親子實驗國民小學」讀到一首七行小詩，〈時間到底是什麼〉，三年級的「言青」小朋友如此勾勒時間之謎。

時間像貓咪
在家裡的時候
牠就會慢慢變老。
時間像貓咪
當牠離家出走的時候
就不會再回來
因為牠回不來。

巧妙疊合貓咪等於時間的隱喻，並且收束在貓咪若是自行離家，絕對不會再回頭。詩句裡的貓，不再回來的瞬間，僅僅讀著「因為牠回不來」虛構口吻，仍讓心悶悶的抽痛起來。

3

詩人隱匿曾表示，開書店只是幌子自己其實開的是貓店。出版過《自由肉體》、《永無止境的現在》等五本詩集的隱匿，近年因健康狀況無法再維持淡水河畔的書店，唯獨放不下的是十一年來日夜照盼的一百三十四隻河貓，因而有《貓隱書店—告別有河與河貓》的出版。

無論是萍水相逢或注定相遇，隱匿在城市邊陲躺臥的觀音山旁淡水河邊，細心照盼附近的老弱病殘貓們，讀罷此書足以讓所有喜愛或不喜愛動物的讀者思索，我們真的愛動物嗎？身而為人，我們為何無法擁有和隱匿一樣寶愛貓咪彷如大海廣袤無垠的心？

大概只有人類是絕對自私而不覺可恥的生物，動不動便和家人因細故或誤解反目老死不相往來，甚至斷絕法律上的親族關係。若說家族書寫是以自我認同、家族認同、國族認同為核心；隱匿為貓咪所做的一切，早已超越了界門綱目科屬種，這是她獨有的貓族書寫。

「因為對貓咪的愛情和責任，都必須是到死為止」，「單純地，先貓咪之憂而憂，為貓咪之樂而樂……就算我們只是愛上這樣的自己，那又有甚麼關係呢？」，書中俯拾皆是隱匿對貓們的深情告白。

彷如一卷悠遠漫長的情書，讀著讀著，我經常遺忘作者的詩人身分，書頁翻動間看見了遊走不羈的浪子、恰北北的辣妹、聰敏甜蜜的小精靈……甚至錯覺因為有河貓陸續來到書店，隱匿才會甘心過上十一年書店老闆娘的日子吧。

愛貓如子的隱匿寫到河貓豆比死後，她失去很多日常的感覺，不覺冷熱，不覺生活繼續，心裡破了大洞。

這樣的洞也曾經破在我的心裡。有次去看繪本作家李瑾倫的畫展，她長期也在從事貓中途的工作，得知我仍想再養貓，主動跟我說，想要什麼樣的貓可以幫忙尋覓，一定符合需求。唯有自我知曉，重點不是什麼花色和脾氣，自家中十二歲大貓因病離開，這個空間好像有一點點什麼被改換了。

按理說，應該懷抱著對大貓的念想，加倍對家中兩貓好才是。我卻總是害怕投入太多情感，慢慢地限縮自己和貓咪膩在一起的時間。相較往昔與大貓黏膩須臾不分，我不能再將時間優先予貓，亦無法像從前那樣和貓一起喜悅忘憂，恐懼即將發生的離別，已將心魔纏繞成繭。

而當我讀到隱匿寫給金莎的詩，她說朋友都說她最愛金莎，其實不是的，「金莎不是我最愛的貓，而是我在這世界上，所有最愛的人、事、物的總結。」「是我的金色小王子和小狐狸／我的金色玫瑰和小行星。／是我從黑暗裡找回來的一點點光／是我從絕望裡找回來的一個，足夠的理由。」

我彷彿懂得了，貓咪是以短暫生命教會我們懂得生命短促如流星，如同小王子所說「大人從不會一下子瞭解一件事」，我家大貓和金莎、豆比、小夜……他們不知能不能忍耐人類的愚笨平庸，如果我可以，為貓在天空畫一個星球。

4

可以全然接納人類的動物，我理所當然的認為只有貓狗。剛好兩種動物我都有超過十年的生活經驗。

小時候家裡養狗，除了被狗追被狗咬，狗激烈的表現愛恨的方式總讓我無從消化。

現在，貓也咬我黏著我，但他只是純粹想要咬你黏你，不過淡淡地含一下你的手和腳踝，一會兒他就圈成甜甜圈睡著了。

貓愛你是打著摩斯密碼（打呼嚕）給你的，狗示愛是甩著舌將你撲倒在地的。我有時覺得大家稱呼有貓一起生活的人為貓奴，有狗一起生活的人不論刮風下雨都得帶狗出門方便或運動，狗奴真正讓我甘拜下風，據我不負責任的田野調查，養貓的人大多和貓一樣慵懶閒淡。

為何貓在我心裡的順位要排第一？狗非常忠誠體貼沒錯，主人的存在比他整個生命還重要，那是人類也喜歡這種高高在上掌控感。所有狗擁有的優點貓都沒有，還誣陷貓高傲不羈，說養貓者是侍候貓的奴僕。

情願二字是給狗族，亦是給與貓一起生活的人。所有和貓同居者都知道，狗所做的那些極盡諂媚之事，貓都會，只是不想。

我寫小說時習慣同理不同生活階層的人們，這可能是建立在相同物種的想像，只是將書寫沿著自己的眼睛往外推一層，站在他者的視角說故事。書寫《聽貓的話》這本圖文隨筆，動用的則是比同理人類之外的生物更多的「自作多情」、「自我感覺良好」，擅自為貓翻譯。

貓呢，絕對不會和我計較，最多就是瞇着眼，無視我，自我陶醉的樣子。

夏目漱石《我是貓》那胃弱的作家藉由貓的視角說故事，海明威〈雨中的貓〉以撿拾小貓暗喻夫妻相處的眉角，村上春樹也常以貓代入超現實的種種指涉……有次讀到卡夫卡〈馴人的動物〉更是有趣。

這則極短篇提及主角被「那個拖著毛茸茸尾巴的動物」一再誘惑，幾次想抓牠尾巴又被逃脫。最後主角有種感覺，「這個動物想要訓練我，要不然牠為什麼總在我下手去抓的時候把尾巴抽開，然後又靜靜地等著，直到我再度受到誘惑，牠又再一次跳走呢？」有著毛茸茸尾巴的動物不言而喻正是貓，人貓彼此逗弄的瞬間，卡夫卡直指那是貓高人一等的馴化。

是這樣沒錯啊，貓只在適當時候釋放一點點她對人類的訊息，輕輕的，像拂過夏天燥熱草原的微風，順著貓的視線只見自己汲汲營營的貪婪，你必須像貓一樣，讓翻騰的心隨時恢復平靜，善於等待。

我總是從動物身上不經意看見自己，或者說，貓的天賦是來柔軟人粗糙的地方，那圓圓的眼睛圓圓的身體圓圓的肉球，所有圓圓的形狀將人所有的銳角也磨得圓圓的。我發現更多時候是我在掏翻自己抱著貓，將貓當成安全氣囊，逃避、躲藏的另一個自己。

或許只是很短暫的十幾年時間，我卻悄悄的被貓改變了什麼，那個什麼，是我無法逐一說明非常微妙的變化。像是可以稍微原諒討厭的事情發生，反正回家還可以抱著貓修護受傷的細胞。或是當自己討人厭的時候還能蒙著被子睡一覺，醒來看見貓正在曬太陽真是太好了。

我和貓的情感呢，需要每天不斷去確認，貓今天是不是還喜歡我？我是不是一喚他，他就會走過來？我和他說話，他是不是有耐心聽著並且回覆我？

我彷彿不當他是貓，是個男人，這樣是很歪斜，但我喜歡這樣和貓賴一起，感覺沒有背叛、謊言、孤獨……這些所謂人會加諸另一個人身上的情緒。

貓其實什麼都沒做，他只是剛好進入我們的生命之中，靜靜的，吵鬧的，頑皮的參與了日常。可以清楚描述的就是，我已經不是往日那個不曾和貓一起生活的人了。

N歲出門遠行

我私心喜愛余華〈十八歲出門遠行〉，小說裡有一條路，在任何時候，每個人都不會遺忘那條追尋夢想的道路。

彼時主角剛滿十八，迎接了一批甫到他臉上定居的鬍鬚，決心出外找尋不可知的未知。重讀這篇小說，想起懵懵懂懂的自己不斷離家遠行，不同的是，從來沒有一雙手，拍拍我披在肩後的長馬尾，要我也該出去看看這個世界。

關於這個世界，我的眼光早就老了，老到毫無興致去參與。這個世界，是不值得活的，小時候，老是這麼想。

直到開始寫作，讓我發現還有另一面世界得以賴活。

寫小說，最重要的是掌握人物、衝突和結尾，偶爾我會發覺自己彷彿活成一部小說。我的人生從少女時代已經埋藏伏筆。

十四歲，因父母離異，經常寄居在親友家，我可以隨時打理好一個包包，前往未知之處。外婆、姨婆、舅舅、同學家都住過不長也不短的時間，破碎時空有如吉卜賽遷徙，每到一地，必須記取新路線，遵襲他人作息，吞嚥厭惡食材。直到將自己活成不像自己的樣子，差不多又要換個地方了。

寫作於我在求學時期是換取虛榮心的名詞。文章登載校刊或比賽有了好名次，老師總是笑吟吟說有天份，這次表現得很好。這次好不代表每次好，唯有語文表現優異，數學理化是扶不上牆的爛泥，師長偶爾讚美仍補綴了父母缺席的時光，也暫時遺忘自己是個不幸少女。

二專畢業後，在高雄某日商資訊部鎮日敲打鍵盤印製報表，大型電腦膠捲的縫隙裡，纏繞著數字與數字，寫作於我又代換成電影《星際效應》的黑洞，那是另一個平行世界發生的事。

日與夜交替的空檔，開始談論愛情，下班後偷空讀點小說已是生活中最甜的滋味。

最終，離開高雄最後一個家，來到臺北那一年，寫作尚是未知的恐懼，亦無文學容身之處。或許，結婚才是女孩真正的出門遠行。

當時我迫切需要利用未婚身分找個工作餬口，都聽說女孩已婚工作難覓，只是聽說，卻足以讓我懼怕。未知的確可能長成張牙舞爪的獸。

直到離開女孩的時間，妻子和母親，從前仰望的角色，輪到自己原來也做不好啊。生活滯悶時，慣常棲身文字，慢慢大量閱讀，拾回安靜的心。

進入另一陌生家族，練習他們的語言和作息，捨棄自我的一部分，我曾以為這才是一個家的模樣。後來才明白更重要的是跨越。

一個家的完成，不只是愛，也有礙，不是誰犧牲了什麼得以換取什麼。

情感不只是換盆移植的居地，花很多力氣適應北方風水，彷彿包鮮膜罩住整個臺北盆地，沁入脊髓的冬雨冷風，無盡潮濕，不像島嶼之南就是乾爽空氣和四季不分的豔陽。

這盆地有如蚌殼包覆著我，我能吐出的僅有文字，也是來到此地所能與人交換的唯一。

〈十八歲出門遠行〉在少年出門沒多久遇到第一個困難是棲身之處，「公路高低起伏，那高處總在誘惑我，誘惑我沒命奔上去看旅店，可每次都只看到另一個高處，中間是一個叫人沮喪的弧度。」

來到臺北二十幾年，從未見過高處，二〇一僅是路過和螢幕得見的跨年煙火。喧鬧的儀式與我無關，日日呼吸是生活的磨損，高的反義是低陷，倒是頗有體悟。

望見叫人絕望的弧度若是地獄，往好處想，日後也不會更糟。

那時，我的世界很小，在補習班教幾班作文，晚間仍得繼續備課批改堆積如山的作業，待做完家事哄小孩睡覺，已是午夜一兩點，沮喪不足以形容每日終了的情緒。低陷的弧度總是蓄滿無數憂鬱的時間，偷來一點縫隙喘息，竟還是想寫。我想寫了。寫什麼都好。

寫作可以安魂，將散逸在日常的魂還原成人的樣子，再展開新的一天。

我從二十四歲開始寫一篇小說，二十六歲出版第一本小說，四十歲才想到去唸個研究所，創作方為不斷冒險的遠行。一路寫到今天，不論中斷的年歲，書寫讓我逐漸明白所謂選擇沒有絕對值，只是傾向讓自己不後悔。

在臺北居住時間終於超過高雄，雖有異鄉似原鄉的恍惚，磨消不去的仍有南方燥熱的心腸和口音。近十幾年教導素人寫作，在耕莘那個需有傻子精神奉獻的處所，我還是沒有信仰的叛徒。或許，我只為文學反叛，為教育反叛，是信仰自己的叛徒。

費爾南多·佩索亞在《惶然錄》寫著，「有些人把他們不能實現的生活，變成一個偉大的夢。另一些人完全沒有夢，連夢一下也做不到。」

不能實現的生活，說明教學於我是無法長久堅持的，不過，發現另一個自己，不由自主走近同樣背離現實去做夢的人，學生也相信我淺薄的能力，有夢可想的人總是這般相遇。

每個曾被誰放棄的你我他，或者也是余華筆下的十八歲少年吧。我們一次次躺在失敗的心窩，想像夢想已經出門遠行，抵達所有將要前往的地方。

最美好的事，往往是文學教會我們的。

寫若琴弦

讓我將寫作時間倒回想要放棄的那一天，從頭說起。

海明威說過，「辛酸的童年是作家最好的歷練」，相較境遇更為坎坷的人，我這點波折不過是他人生命之海吹過的微風，成長周折不可能一寫再寫，於今寫作於我，是將現實撕開一道裂口，讓生活不致無法喘息的鬆弛處方。

寫作究竟是一輩子的事嗎？

這個問題在剛開始寫作，得到中央日報小說首獎時，白靈老師就問過我，妳會一直寫下去吧？我們在尚未拆除的光啟社大樓，下了課正要搭電梯離開。電梯裡無處可逃的狀況，只得硬著頭皮回答，不知道欸。老師瞇眼笑了笑，得了首獎，同時還有兩家出版社找妳出版小說，傻孩子，妳應該一直寫下去。

我當時就是傻，而且是沒有信念的傻。

二十六歲至二十八歲那兩年，毫不畏懼寫或不寫的是非題，顧自將幾篇課堂作業擴充又延長，僥倖獲得五六個文學獎。每次坐在身邊一起領獎的是郝譽翔、紀大偉、張惠菁等五年級作家，細讀評審紀錄後，逐漸明白有實力之外還需要運氣，幸運之神不會永遠站在我這邊。

看看這些中文相關科系血統純正的作者們，自忖半路自學出家的我，拿什麼跟別人說要寫一輩子。

我得承認，那時毫無真心的寫著。文學獎比賽豐厚獎金是寫作餽贈，也是讓人迷惘的煙火，炸開整個世界的火花，很快又回到一個人的書桌。

沒讀過經史子集，只知道會計統計資產負債表，更沒有天賦和小聰明，唯有提領苦難的成長之井，而這井也會乾涸枯竭，接下來又要寫什麼？

第一本短篇小說《愛情烏托邦》出版後，自覺短暫人生已無新鮮事，這世界好看厲害的小說太多，也不缺我再寫。以為自己就此放棄寫小說。事隔十七年，二〇一六年出版第二本短篇《看人臉色》，隔年首部長篇《缺口》也上書市，二〇二〇年第二本長篇也即將問世。

時間讓我明白了另一個問題，「會不會恐懼到頭來，寫作其實是一張空白的藥方，它完全治不了任何的病。」

我同意寫作就是治不了病的空白藥方，但為何要恐懼？

每個作家都有不大不小不輕不重的毛病，正因為病的醜惡，病的傾斜和偏執，而萌發無與倫比的毅力，譬如馬華作家李永平，他在病弱的最後時光仍然心心念念要完成《新俠女圖》，這也是病所給予的另一種力量。

很多作家耗費一生都在挖掘他所在意的謎，那可能是張愛玲的上海、村上春樹的井、川端康成耽美的少女。孜孜屹屹不厭其煩地迂迴靠近重返核心，倚靠的就是比他人更為堅定的信念，以超人的意志，將寫作鑄成一把削鐵如泥的刀，細細剜開自己，掏出赤裸的心。

讀史鐵生的〈命若琴弦〉，老瞎子拉斷一千根琴弦時，發現所謂藥方不過是一張白紙，老瞎子萬念俱灰之際，想起師傅說，「記住，人的命就像這琴弦，拉緊了才能彈好，彈好了就夠了。」小說翻轉了讀者的認知，倘若不是因為雙腿癱瘓史鐵生很難去同理另一個殘疾者的缺憾。

史鐵生的缺乏讓他理解這樣的痛苦唯有化為更強大的力量，譬如愛。

老瞎子將師傅傳承給他的愛，同樣的去愛一個剛剛開始對愛萌發希望的孩子，讓小瞎子和他一樣相信未來。小說的結尾是這樣的，老瞎子告訴小瞎子，他記錯了，其實要彈斷一千兩百根琴弦才對，還沒彈夠，要更努力才行啊。

老瞎子的眼睛那時是看得更遠更清晰的，彈斷琴弦的指涉其實和寫作相仿，書寫不是唯一的靈丹妙藥。

我體會過文學是為大無用，真正絕望的時刻，不可能想到我還要寫作，不論生計窘迫連繼續寫下去都是奢侈，遑論一輩子。

琴槽裡那張紙條就是信念，說穿了沒什麼秘密，不過，就給自己機會多方嘗試，設定一段時間，每天規律地寫一千字，一年能累積三十五萬字。並非因此成為獎金獵人，鎖定各大文學獎無役不與，而是不能輕言放棄寫作，像老瞎子的師傅所說，將寫作的弦拉緊了才能彈好，彈好了就對得起自己了。

有了信念還不夠，寫作還得真心以對，面對你最愛的事傾盡真心。

誰無心呢？但昧著心為虛名所惑居多，我也曾是無心也無意繼續書寫之人，一日又有寫的能力，似乎了解什麼才算是真心。

想起去年看了《你只想住在吉祥寺》這部日劇，它有個特別設計讓我長年追劇的雷達嗶嗶作響。每集結尾又吉直樹擔任的角色是房客，他和房仲常透過簡訊或電子郵件表達租房需求。又吉是搞笑藝人也是芥川獎得主，他的行動劇是劇集尾聲的後設創作，充滿哲學思維以意識流或對位敘事的方式呈現，同時也道出鄉下孩子到東京追夢的辛酸史。

最後一集，是房仲已為他物色好吉祥寺住所，不懂又吉為何不趕快搬家，房仲想該不會是東西太多無法取捨，便發簡訊問他，「搬家扔不掉的東西是什麼？」又吉思索許久，他回了簡單三個字：「是真心。」

是真心。扔不掉的絕對是無形的東西，又吉直樹遲遲沒辦法搬離舊的住處，又要房仲幫他找新的住所，可以將他扔不掉的真心代換成「努力」來看。舊的住處有一個剛到東京無比努力的自己，多數從鄉下來到城市奮鬥有所成後，換個比之前的狗窩更好的地方，是自己為自己配戴最便利的勳章。

最後又吉直樹發信給房仲，約在井之頭公園見面，他這麼說：「剛來東京，常穿過這條小路，去吉祥寺，真的像櫻花隧道一樣，穿過之後就彷彿來到東京……那之後，就是地獄一般，又沒有工作……我一直很喜歡住在那邊的公寓（又吉望著公園湖水那邊的高級住宅），但是，我還是放棄搬到吉祥寺來。吉祥寺不是大家都想居住的街道嗎？我住在這裡，總覺得，周圍的人都在努力工作，學生看起來十分耀眼，那時的我和他們的差距，包含了這個差距在裡面，才是完整的吉祥寺，雖然很想住進那間公寓，但是沒辦法住在這裡，這才是對我而言的吉祥寺啊。所以說，也許有一天，我會住在吉祥寺，但不是現在。」

長年追劇少有讓我感動的片刻，那一刻，似乎了解自己小說為何總是寫得那麼暗黑。誰不願擁有平和順遂的人生，不是我不願丟掉這個刺，而是身上扎著刺才是完整的自己。

喜歡一遍又一遍注視著自身缺乏，那是理解自身相似或相異的人們，唯一的途徑。因為我的信念也是又吉直樹的吉祥寺。

如果我們的語言是小說

熟識的朋友都知道我很喜歡村上春樹，他有本很薄的隨筆《如果我們的語言是威士忌》，那是尋訪威士忌所展開的旅行。不過，這篇文章接下來要談的不是酒，亦非旅行，況且我不到非常迷戀威士忌的程度。

文學的美好，要怎麼說，實在很抽象，不過，村上永遠可以把複雜的問題，變得更無賴或更燒腦一些。

村上春樹在隨筆這麼說：「我們的語言終究還是語言，我們住在只有語言的世界。我們只能把一切事物，轉換成某種清醒的東西來述說，只能活在那限定性中。不過也有例外，在僅有的幸福瞬間，我們的語言真的可以變成威士忌。而且我們——至少我是說我——總是夢想著那樣的瞬間而活著。」

他將語言代換為威士忌，很容易被同業一眼識破。身為職業小說家的另一種技藝，就是將萬事萬物以自己的說法，重新解釋一遍，將世界變成無時差無語系，也就是專屬於小說的宇宙觀。

試著將語言歧異性延伸到創作層面思考，如果，我們的語言是小說呢？有時周遭發生饒富趣味或觸發心弦的事件，可能僅僅聽見有意思的對話，大腦皮質接收到資訊常自動處理成小說模式，我喜歡圍繞著小說進行思考，已是好不了的病。

麻煩的是平日我鮮少出門，在家寫作亦無同事，目擊小說病發作的往往是家人。當我流露異樣神采將有意思的事件或對話描述第二遍，自覺提煉出故事核心和編排過的話語讓人物不再扁平，富有張力的情節，加上彈跳力的結尾……

不意外家人給出兩種回應：你們作家說話很誇張欸，人家剛剛明明是不是這麼說……

這裡我並非抱怨和理工腦特重邏輯的親友有多麼難相處，畢竟他們也不介意我經常活在火星時空，這點若是另一半也是小說家大概比我幸運，至少毋須耗費唇舌多做解釋。

我有時會稍微收斂，語言不要太戲劇化，行為切勿太乖張。也曾不只一次和家人說，如果你們和駱以軍或許榮哲一起同住，這點誇飾不過輕於鴻毛。話雖如此，我也不曾想要改掉充滿小說語言的生活，畢竟，那樣的我就不是我了。

如何運用簡單易懂的文字去貼近真實，同時又能描摹超越真實的力量，不確定，毫無邏輯可循。即使迂迴反覆徒勞碰壁，都必須以讀者能夠理解的方式，找出抵達終點的路線，那類似電影《移動迷宮》的邊界。

語言的「限定性」，它的邊界，至今我仍在想辦法跨越。

當我運用非生活化的影像來譬喻，是否排除了沒看過這部電影的讀者，甚或，也排除從不看電影的讀者，小說語言此時顯得非常布爾喬亞。

如果換個方式來解釋小說語言必要超越的「限定性」，如同村上採訪艾雷島蒸餾所的吉姆，解答會呼吸的酒桶之於艾雷島威士忌的連結。那是位於海濱倉庫所存放的酒桶，雨季時吸附了海風，逢到乾季，「反過來威士忌就從內部一直往外推回去。這樣反覆之間，就產生了艾雷獨特的自然香氣。而這樣的香氣溫柔地撫慰人們的心。」

吉姆此刻描述的威士忌，吐出的字句也是寫小說的人日夜追求的精確言語。

村上原本只是來此旅行，順便將單一麥芽威士忌喝到爽，聽到吉姆的回覆，他不知是否和我感受到相同地震，震央是在遙遠書桌前的那個自己。

酒本是無生物，在釀酒人口中卻成為有機體，會吐納會呼吸，每個分子膨脹懸浮旋轉，浸泡在酒桶裡忍耐著漫長雨季，伺機修正自己，等待的就是乾季的來臨。

所謂小說語言不過就是酒桶裡的威士忌，衝撞折騰打磨出最好的口感，試圖逼近小說核心，試圖從人物覆蓋皮膚骨骼肌肉的底部，再掀一層，再鑽深一點，再多翻出那顆隱藏的黑暗之心。

虛構不是小說家的本意，更重要的是以假為真，模擬真實甚至超越真實，搬運時間線索，重新製作一個更好的框架，為讀者裝進故事的芯。

經常，描摹人物寫至窮途末路，我會想起一些人，遙遠少女時期的摯友，由陌生至莫逆的學生，我們是怎麼產生聯繫又如何斷了音訊。我很喜歡想像，他們後來怎麼了？

譬如只要有同學邀約聚會，某位國中同學的影像自然浮現腦海。唸國二時，常趁著假日去她家，同學家以小吃店營生，她的母親多少也知曉當時我寄居在另一同學家裡，對我流離的身世也有幾分疼惜。

學校附近的店面，用餐時間總是人來人往亟需幫手，點餐做飲料搖剉冰擦桌椅洗碗……要我做什麼都可以，大家忙得翻桌炸鍋，端送餐點飛來飛去的我，彷彿有個歸屬，偶爾與同學的媽媽彼此互望，她的嘴角總是滿溢笑意。

阿姨幾次將四物中藥茶包塞給我說是對女孩好，又送上蘋果和梨叮嚀別忘了吃完再來拿。說不出多麼貪圖這陌生的善意，不禁遺忘寄居他處的辛酸，遺忘父母分離兩地，遺忘自己像是被遺忘的行李那種痛苦。

那時並未察覺同學非常不喜歡我。每次去她家，她還是會若無其事聊天，也會一起擠在廚房說這客人很囉唆那客人是肖豬哥還偷摸人家的手。

直到有次忙完用餐高峰，她說上樓去聽錄音帶，那時我們很迷松田聖子和中森明菜，她蒐集許多卡帶和海報。後來另一位同學在樓下喊她，她下樓去了，但有盒卡帶找不到，我想問她，才走到樓梯轉角不禁停住腳步，對話內容飄進耳裡。

「我好討厭她——幹嘛每天來我家，真不要臉，還賴在這裡吃飯。」

忘了當天是怎麼離開她家，可能是尋個藉口匆匆離去，此後我不再去她家，也盡量讓自己在她面前隱形。

從那天起，我的背始終是駝的，任何人親近我釋放好感，都不免懷疑那是假的。明明我這麼討人厭，你們不要再騙人了。我們一直到畢業都沒再說過話。

後來怎麼了？

我不知道。很長一段時間，我失去信任同學的勇氣，也失去讓別人信任的勇氣。

村上春樹曾說，「假如一個故事不能讓讀者成為一個更好的人，那就沒有寫下來的必要。」

若是小說語言有限定性，我得盡其所能去描述這個故事，這是唯有小說才能完成的事。

那女孩貪戀著家的氣味，才會一次次靠近那裡，而她不過是討厭那個女孩奪去她母親的關愛，卻失去了女孩的友誼。她們後來怎麼了呢？

如果，我們的語言是小說，即使這樣的設定只圖利了少部分的讀者，但對我而言，在生命幾度困頓的關頭，讀和寫如此日常的行為，讓我找到人之所以存在於世界的意義。

或許，我們的語言是小說，也讓我相信時間經過文字，像篩漏濾掉愛恨的粗礪，慢慢地會成長為一個比自己想像中更好的人吧。

我只是來借個靈感

苦苦糾纏靈感，通常沒有好下場。

反覆造訪的夢，熟悉的氣味音聲乍然出現，浮光掠影只取一秒，什麼都能寫，寫了半天仍舊淺薄，電腦檔滿是斷頭之作。

然後呢？接下來如何是好？

一篇作品屬於靈感的部分輕如微塵，最重要的是撥開模糊的那層霧，後來發生的事。

二十八歲，出版第一本小說後，自身經驗差不多寫過一輪，別說靈感，生活捉襟見肘，即使掛念創作，也只能將那盆還有餘燼的火放在心裡窩著。

我在等待的可能不是靈感，而是讓真實的生活經過我。

不只一次興起這樣的念頭，隨便找家便利商店打工，才能支撐不知能否實現的下一本書吧。實際上，我也被一家超商錄取，第一天剛熟悉收銀機以及商品上架倉庫點貨，店長卻說非得輪值日夜班，老鳥肯定不願將日班時段讓給我，家中又有小嬰兒得照顧，於是我的便利店經驗不到兩小時就結束了。

如果，我是說如果，當年堅持著去便利店工作，或許會寫出不一樣的《便利店人間》也說不定。（這本小說是村田沙耶香以她在便利店打工經驗為背景書寫的芥川獎得獎作品）

經驗匱乏者若是尋常人，不致心慌意亂，生活不過求個順遂安穩，然而作家不可能都像馬奎斯或海明威從事記者工作，這個職業簡直是靈感生產機。

譬如馬奎斯知名短篇〈我只是來借個電話〉，初讀此作大為驚訝，整個故事可說是驚悚版角色扮演遊戲。開頭極為日常，瑪麗亞的汽車在沙漠拋錨，她不停揮手求援，有輛老舊巴士停下拯救了她。她沒料到只是想借個電話，卻改換了人生。

電話在這裡的雙關指涉，是瘋狂世界與外界的聯繫，所有委曲求全只為了交換一個機會。歷經層層轉折最終她打了電話，但丈夫卻相信她已經瘋了，沒有營救的意思，最後瑪麗亞徹底的瘋了。

從被混淆為瘋子，假裝是瘋子，最終成為瘋子。讀完這個故事會發覺不只人物設定超凡入聖，也隱喻人性本惡，更深層指涉當時紛亂的政局，民眾可能終其一生無法得知真相究竟為何。

〈我只是來借個電話〉讓我想起寫過的短篇〈愛情烏托邦〉，兩者的借代雖有差異，後者其實也是偷來的靈感。

那年，想寫篇小說參加文學獎，眼看截稿在即，卻苦於無法開場，也可以說我和村上春樹一樣正在等待那顆降落在手心的棒球。

若是靈感真的存在，每篇故事的起手勢，是最趨近靈思乍現的瞬間。

剛開始寫作時我非常熱愛便利商店。每天固定在早晨走進超商，直驅報架翻閱當時的三大報（聯合中時中央）副刊。那時網路尚未如此普及，窮得連買書錢都要東省西扣，不只在書店看完雜誌，也在超商翻閱整份報紙，細細讀過副刊，不忘繞到旁邊貨架摸摸蹭蹭假裝想買根本不會買的東西，再趁著櫃檯忙著結帳匆匆閃人。

無意中，發現有個人一樣無恥，他也翻翻每份報紙，翻過副刊那張瞄一眼，又換份報。打籃球運球上籃至少做個假動作，他連欺敵都懶，翻完轉身就走。回想起來，那是自信自若，當這是閱覽室看個報，復完完整整還你一份報。

仔細讀過副刊的我，每次走出超商總有種打怪補血滿滿的能量充滿，不知道他是否也是如此。

當時氣候嚴寒，他上身穿短袖連帽T恤下身卻套著百慕達短褲，突梯打扮讓我忍不住跟隨他一段路。沿著熟悉街道展開黑洞頻率那般的時空錯置，我告訴自己只是來借個故事。

短暫跟蹤換來的小說開頭是這樣的：「從背後遠望他的小腿，十分白皙的光芒翻映在他走過的每一畦水窪上。水窪必定窺見了肢體搖擺中我所遺漏的某種秘密。」

後來這篇無中生有的小說獲得文學獎。埋藏在小說的謎，開頭就丟出了線索，這是個距離會產生美感的故事，不論是生活或情感，通常禁不起近距離損耗。

勾動想寫的念頭，通常是日常慣性，有了歧出，發生懸念，讓我在意。人或事物一直召喚目光，待意念膨脹達至臨界點，針尖一刺，當我遮住習以為常的感知，萌發不同於以往的視角，開始想寫了。

二〇一七年出版了長篇小說《缺口》，是一對姊妹的生命故事，我是獨生女兒，只有和弟弟相處的經驗，幾次三番寫到卡關瀕臨無靈感狀態。書籍雜誌電影戲劇，散步運動買菜搭捷運，打開靈感開關，隨時隨地都可能撿到納入小說的細節或情節。

不論清醒夢囈，想到什麼便取來紙片寫下，裝滿紙片的抽屜是我的潘朵拉。

那三年儲存了一兩百張紙片，潦草寫著任何相關《缺口》的訊息。一本長篇小說彷如迷宮，走進入口那天，無法預知何時才能走到出口。隨著小說裡的姊妹情感曲折波動，每用掉一張紙片，便痛快撕碎，白雪紛紛落下，這些小紙片，或許也在為我指路吧。

我以為靈感去偷或借，都不成問題，重點是借來或偷來之後，傑克魔豆的種籽如何抽長為登天大樹，如何讓讀者攀上雲端看見另一個世界。

閱讀也同樣需要靈光，不同時間細讀相同作品，總會為自己帶來超乎靈感之外，意外的感知，或許是自己的心眼更為衰老，能夠讀出故事在時間中如何變化吧。

此次重讀〈我只是來借個電話〉，我特別關注隨著巴士進入了精神病院瘋狂的空間，人物的心理轉折。瑪麗亞本來只是來借個電話，卻隨著巴士誤入精神病院，想盡辦法仍無法脫身，她發現自己已失去身而為人的存有價值，不論她說什麼做什麼，都顯得不夠正確。階級分明的病院，醫護和管理人員像帶倒刺的鉤子，將瑪麗亞的原我甚至是超我，一步步勾引出來。

在這封閉的空間她逐漸丟掉自己，最終成為被社會遺忘的人。相較於人生種種，跟著瘋狂其實很輕鬆。瘋的世界再也不需要秩序和情感。我想瑪麗亞一直是過於清醒，才會痛苦。

小說最美好的部分，是將一個哀傷的故事包裝在荒誕結構，彷彿重置人生隱喻，層層推敲小說家沒有寫出來的部分，永遠是最讓我著迷的靈感之外的收穫。

最後，我想講一件和靈感無關的故事。

吾少也賤，唸書打工做過很多底層差事。有一年，在電子工廠負責材料配送、倉庫管理、品管等，上述工作還能偶爾走動，有幾個月被調到零件插入單位，再也不能任意行走，被固定在生產線，僅剩下手的動作，實在讓人絕望。

U字型的生產線，必須在電路板經過面前時迅速插入六至十個零件，IC和電晶體尤為嬌弱，休息空檔得不斷確認沒有搞丟或損傷那些比自己一小時薪資還要昂貴的零件。生產線隔壁便是機器手臂插入部門，得空休息時，我經常隔著厚重玻璃遙望著，在空中移動的懸浮手臂宛如銀河星系。

那個大型自動機器的空間，是十八歲的我所不能理解的巨大而美麗的宇宙。

那一年，我還不知道寫作是怎麼一回事，小說又是怎麼虛構現實，不停冒出的念頭只有若是化為機器多好，不知疲乏，反覆，單調，專注，這般執著可是人類無法取代的力量。

插入零件機械化的動作熟練後，還好腦子是自由的，我開始幻想未來要成為怎樣的人，倘若可以借用他人命運，或是與機器共生的人生也好。

在生活邊緣掙扎時，仰賴想像，不知不覺心中某些悄悄動搖的部分，又慢慢回到正確的位置，回到一個人的樣子。

或許那時拯救我於困境的就是虛構的能力，執著地相信，想像力會讓一個人快樂起來。後來，經常寫不出東西的時候，腦海會閃過幾個畫面，銀白美麗的機械手臂正是其一。

如果，好好活著感受所有的善與惡，可以稱為靈感，我認為那是最好的一種。

以日常抵抗非常

1

寫小說時，有一種人物很難處理，像扶不上牆的爛泥，作者必須耗費心力剝開層層洋蔥，只為讓讀者同理表面平靜無波內在波瀾壯闊的人物，他們究竟經歷了什麼。

這樣的人物存在於艾莉絲·孟若（Alice Munro）的加拿大小鎮，譬如終日躺在床上迎接死亡卻仍想保護妻子的男人。或是瑞蒙·卡佛（Raymond Carver）筆下，不斷以電話催促顧客來領取蛋糕的麵包店師傅，絲毫不知顧客剛失去自己的孩子，以致忘了取蛋糕，雖然師傅被顧客咒罵，還是堅持請他們來到店裡品嚐剛出爐的麵包。當溫熱的食物通過身體，感受這個時候，吃，這件很小很美的事。這也是生活與死亡交換的意義，以日常的力量抵抗非常的來臨。

《海邊的曼徹斯特》（*Manchester by the Sea*）主角 Lee 也是這樣的人物，這部電影描繪了心中藏有傷口的 Lee，彷彿許久不曾聯絡的朋友，我們只望見冰山頂端的十分之三，看完電影後，潛藏於冰山底下十分之七的哀愁才慢慢浮現。

整部電影在曼徹斯特取景，海邊、船舶、小鎮、迴繞小鎮的街道營造的無望氛圍，逐一型塑 Lee 寡言內斂的形象，所有的雪和冷空氣都在映襯主角所經歷的人事。

從Lee的哥哥 Joe 駕駛的遊艇畫面展開，可以漸漸發現Lee是個幼稚的無賴。無賴就無賴，為何說他幼稚，因為無賴 Lee 的階段，至少保有天真。說 Lee 不曾努力也不對，說他太過努力又言過其實，本質上只想得過且過，譬如他非得徹夜和狐朋狗友飲酒作樂，經常困擾孩子正常作息，他妻子對家裡這長不大的第四個孩子實在無可奈何。直到 Lee 徹夜飲酒後大意未放下壁爐的防火匣，孩子和家都在烈焰中焚燒殆盡。

一夜之間，無賴和天真均成過去式，Lee 也同時失去明天，以及未來的每一天。他自我懲罰的方式是有如薛西弗斯不停重返黑暗的那夜，時間從身上穿透，之後有光的日子，他無感無溫的活著，以最低限度的需求活著。

看似平常，實則非常，Lee 面無表情的生活、工作，休火山一樣的底層正翻攪著將一切吞噬的岩漿。所有無法言說的痛苦，全都隱藏在忙碌手指與壓抑的眼神。身體是勞動的容器，讓它機械讓它累讓它疲乏，只要活著就好，那是他唯一能懲罰自己的方式，心死的活著。

此時，命運再度考驗 Lee，哥哥 Joe 因罹患絕症忽然猝死，交由律師遺囑託付兒子 Patrick 給 Lee。他異常慌張，下意識推卸責任，讓好友與 Patrick 不解，甚至認為 Lee 未免太冷酷無情。隨著劇情層層開展，Lee 或許思索的正是「我沒有把握作為父親，我再也沒有資格作為父親了」。甚至，連身為男人該有的承擔與責任，他都懷疑是否會帶給他人不幸。

那哀愁的預感，連一點點讓自己讓別人幸福的可能性，完全阻斷了。

倘若那場火是八級地震震央，當 Lee 和前妻在街道偶遇，他們佇立之處看似平靜，Lee 的心中早起掀起海嘯，臉上沒有太多表情的他，只願自己滅頂於那瞬間。電影的蒙太奇手法，將屬於 Lee 即使廢也透著溫暖的前段人生，焚燒的時間，在他與前妻偶遇開始倒轉。

大慟之後初次面對面，Lee 知道前妻必然將要扒開回憶的灰燼，他知道這次再也無法躲在警消背後，時間終究要還原到無能為力面對的瞬間，站在烈火沖天的家門前，他只得再次支離破碎。

當前妻淌著淚抓著他的手說：「我對你說了很多傷人的話……但我的心碎了，我知道你的心也碎了……」Lee 搖搖頭，哽咽地，簡單的說，「不，妳不瞭解，我的心已經死了……」

作為母親，失去的是將自身骨肉剜開椎心刺骨的疼痛，或許傷口永遠無法痊癒，但藉由另一個家另一個生命，總是可以找到方法緩解生命的無助。而 Lee，一直活在罪與罰的深淵。

心碎，還能感受到痛，之後活著的每一天，並非不痛苦，卻能代替死去的孩子活下去。心死，那是連疼痛都無感了，活著或死去，都不重要，他再也不是誰的丈夫與父親。

直到哥哥的死亡與託孤，他終於發覺自己不能再繼續放逐和無感的活著。他必須回到曼徹斯特，回到那場將他前半段人生都燃燒殆盡的熊熊大火。直到他漸漸發覺自己仍是有用之人，仍舊能讓另一個孩子倚靠，雖然這不是他能負擔的情感。

心中有傷口的 Lee，就好像許久不曾聯絡的朋友，我們其實不懂他們遭遇了什麼，而逐漸成為無法理解的人。至親傷逝，有人正面迎接苦痛，有人時時沉浸其中，兩者無法比較哪個痛感比較少。

經歷整個冬季，片尾 Patrick 的性格也逐漸轉變，當他試探著墓地的泥土是否鬆軟，徐徐鬆動原本堅硬的存在，彷彿一切仍有希望，也傳遞春天將近的信息。

《海邊的曼徹斯特》不是能讓人輕鬆以對的故事，小人物的掙扎，平凡生活的非常事件，特別是主角詮釋憂傷的方式，綿密而充滿力道，那溫度有如冷，或是雪，慢慢滲進每個人心底。

這部電影讓我重新看待傷痛在每個人身上的作用，或許時間會克服許多尖銳感受，讓自己成長為原來也不敢相信的模樣吧。

2

再次重看是枝裕和所導《無人知曉的夏日清晨》，這次沒有流淚。冷靜觀看四個被母親遺棄的孩子，乖巧順從存在公寓小小的空間，不知是空間限縮了孩子的視野，還是情感令他們目盲，看不見愛的反面其實是殘忍。

即便植物都有向陽的本能，身而為人若是被限制活著的方式，不出聲與失去自由，這不是妥協，而是以靜默慢速逼近一個人生存的底線。

無關只顧追求愛情的母親僅留置給孩子日日遞減的金錢，關乎的是一個家的情感，即使是傾斜的角度，那些曾經圍坐在餐桌前討論功課或是料理的氣味，仍然拚命支撐過一個家的記憶，讓孩子有希望，無論多晚媽媽都記得回家，摟著孩子親吻臉頰道聲晚安。

又，想起是枝導演在《宛如走路的速度》一書這麼說，「欠缺並非只是弱點，還包含著可能性」，已是四度觀看這部片，再次確定片中的母親毫無優點。

3

看過陳可辛導演的《親愛的》，最吸引我的部分，是失去。所有的失去，是親情的斷裂。父母失去兒子，雖說情感崩盤大多在預料之中，黃渤和郝蕾的演技卻在許多細節處更顯動人；另外，趙薇飾演撫育著丈夫從深圳帶回失蹤兒童的安徽鄉村女子，丈夫死去，僅有一雙沒有血緣關係的兒女，是她的全世界。

生養與養育，將這部電影切分成兩塊版圖，牽扯著所有失去的情感。

像是黃渤連倒個垃圾都要一肩扛著失而復得的兒子，兒子回家後沉默不語的抗議，不存在彼此生命的空白，要多麼努力才能補上。生命的縫隙，時間穿過了，漏失了記憶和信任，明明流著同樣的血脈，父母不敢相信曾經最親愛的人，為什麼不再如此愛了，為什麼愛不在了。

舉目無親的趙薇一次又一次在陌生城市四處求援，她想將原本不屬於她的小孩找回來，有多麼困難，但她不怕被愚弄與出賣靈肉，只為了萬分之一的可能，但最終被命運捉弄……

所有的失去，絕決的切斷所有時間累積的情感，非常痛。

《親愛的》不只是一部煽情賺人熱淚的電影，而是讓人逐步解開親情網路，思考什麼是愛、什麼是失去。在我們擁有的時候。

4

《再見溪谷》（さよなら渓谷），這部電影由吉田修一的同名小說改編。剛開始會喜歡吉田的小說是從《公園生活》開始，他總能將毫不起眼的日常耐心描繪，而其中隱藏的惡意透過細節一點點滲透生活，讓讀著故事的人不禁背脊冒汗。

總的而言，《再見溪谷》是探討「加害者」和「被害者」的關係，姑且不論吉田桑的《惡人》已將兩者的顛覆關係發揮極致，且文本與電影品質均佳；看完《再見溪谷》，始終覺得小說家有意深究這題材，卻無法翻出另一層新意。

女主真木陽子演出的「被害者」加奈子頗有深邃力道，因為她正是俊介和同學們侵犯的對象，此時卻是俊介的另一半，兩人在鄰人眼裡像是幸福的小夫妻。女主在幾場命運與情緒轉折的鏡頭表現非常深刻，若從這部分來看，加奈子從「被害者」轉換成「加害者」幽微的感覺，電影大概很難呈現小說原味。

我以為小說還有個重點，電影略去不談，非常可惜。譬如文本提到俊介（加害者）環視住了五年的家，卻不曾好好打掃，只要他想打掃，加奈子（被害者）就不高興。

小說中寫著：他認為加奈子討厭的不是整潔的房子，而是排斥讓這裡的生活變得像「真正的生活」。

所謂細節的力量正在此處。

讀者甚至能以這幾句話，想像「真正的生活」於加奈子代表原諒與愛。

倘若加奈子將兩人放逐於窮鄉僻壤的住處點滴拾綴成溫暖模樣，物品擺放、食物氣味、一日三餐、「我出門了」、「我回來了」……屬於家的痕跡越多，加奈子與對方約定一起不幸的氛圍就越遠。小說寫著兩人租的小房間甚至沒有家具，東西都隨意裝在一個個塑膠袋裡，彷彿隨時都會離開，這個家隨時不算數。電影怎麼可以沒有拍出這些細節啊。

生活變得像「真正的生活」，其實電影仍呈現兩處：首先是兩人去購物回來，加奈子一直要俊介幫忙提東西，他卻堅持不提。（看到此處，原本不解，後來覺得導演很厲害，若是提了，就更愛對方了。）

再則是加奈子去派出所探望暫時被羈押的俊介，對話沒有任何火藥味，他淡淡地說冰箱的豆腐到期了要記得吃。（這般日常的細節讓加奈子更心痛吧。所以她後來撤銷了證詞）。這些細節都是小說不著墨的。

真正的生活，於被害者而言，那是退到日常抵抗著非常，真正的生活，同時也翻轉原來角色成為了加害者。或者，導演改編的用意在於「一起不幸」的重點，淺薄觀眾如我只是覺得住處多放幾個塑膠袋，多點打掃住家的畫面，弄得更像逃難也花不了太多製作費嘛。

電影預告中掉落在溪谷的拖鞋，倒是小說未曾描寫的細節。現在的加奈子以加害者之姿重新展開另一種生活，那只拖鞋，筆直地墜落，像是代替過去的加奈子死去了。

改編需有神助，小說之神做不到的，電影之神要能助攻我也是虛心接受呢。

5

近來我有點像電影《星際效應》被放逐在時間荒原的太空人，唯有仰賴女兒（小說）能過著更美好生活的信念，一次次燃燒戰鬥指數。男主每次在火星敲打密碼都期望有人來解密，折射的光飛散的塵，有誰能看見夾纏其中的謎呢？

這樣的處境真的和小說家很類似。

尤其是展開長篇創作的時間漫漫無終，鎮日沉浸於自我的架空世界，可循脈絡成了蜘蛛絲沾滿會吞噬情節的害蟲，抓完蟲子，想通一個關鍵點卻得剷平架構整個重來。終於寫好幾個章節，卻不知道這樣的形式真的是最好的說故事方式嗎？

我也知道在杳無人跡的外太空，在小說尚未完成時，最好稍安勿躁。

以日常抵抗非常的娛樂是，寫太順寫不順時都看電影，看到《絕地救援》麥特戴蒙模擬溫室種滿馬鈴薯，他每天都數算著糧食，彷彿計算命運。

都是一樣的啊。我每天也數算字數可以再多一點，再多一點……務實的確是活著逃出來報信唯一的方法。

6

之前錯過《地心引力》（*Gravity*）上映，惆悵一陣時日，沒料到已可租到DVD，得空投影在牆上仔細看完，竟徹夜難眠心神震盪，這的確是不可錯過的好片。

有些影評大力讚賞《地心引力》片頭長達四分鐘的「長鏡頭」（Long take），加入給讚行列我認為遠遠不夠，那四分鐘簡直搖晃了角色本質。一鏡到底的敘事張力層層堆疊，最後主角進入太空艙，再層層剝除偽裝，還原到一無所有，最終必須獨自面對自己的恐懼。

倘若以電影運鏡來譬喻文學創作，電影是從外景↓內觀的過程，而文學創作則是從內景↓外觀↓內觀↓外景的過程，乍看之下平靜無波瀾，實則內裡澎湃交響，看似沒什麼事發生，絲縷交錯著都是情感的力量。

女主珊卓布拉克漂浮太空艙指涉子宮的意象不言而喻，一如人初生落地，需要踏實的經歷漫長人生，即便逃離到外太空，始終纏繞於生命的輾轉情愁在生死交關瞬間，可以拯救自己的唯有自己。

太空艙的異質空間，相對於宇宙渺小的太空漫步與漂流，更象徵人類探索未知領域，萬千計算仍掌握不了意外。雖然喬治庫隆尼托夢那邊很瞎，不過當珊卓決意放棄生命，不論重力和呼吸與否，她就是要違抗，切斷氧氣自顧自墜入黑暗的剎那，沉浸於地球傳來的無線電聲響，重新感受現實世界的狗吠嬰啼沉沉睡去或死去……這段時間，或許不到一分鐘，生的語言撼動了她，她決定從死的邊緣再一次努力。

回想喬治所說「降落就是起飛」這句話，讓珊卓點燃最後能量。倘若電影沒有安排這段非文字的畫面，讓嬰兒哭聲喚醒她也曾是母親，她不會了解自己並非無所眷戀。

無所畏懼死亡，從死亡邊緣往後退一步，開始新生，繼續活著，需要更多勇氣。

電影最終幾近神諭，女主歷盡艱辛回到地球，機艙降臨於海平面，當她伸出赤裸雙腳，踏上濕軟泥土的瞬間，我們幾乎同步感受到主角的喜悅。

《地心引力》這部佳構，將引力意象發揮得淋漓盡致，引力是人之所以能立足於地表的作用，失去引力的牽引，何須性別職業財富，不過是漫無目的漂浮無垠天際的微生物。

生命之所以燦爛，正是身而為人，此生經歷高低起伏，應對收放之間，最真的情感。

無賴而恬靜的抉擇

1

「寫文章也是一件快樂的事，因為比起活著本身的困難度來看，為它加上意義是太簡單不過了。」

剛剛開始寫作的我，在書店隨意翻開《聽風的歌》，撲面攫住視線這三句話像是小鼓錘，腦中匡噹一下轟轟乍響，日日在創作和工作的夾縫輾轉煎熬，像是忽然有人伸出手用力拍拍肩膀，他說，別在乎寫得好不好這種無聊的事，重要的是，你喜歡寫作，比起存在這世界各種疑問，能寫自己想寫的文章，這唯一可以把握的事為什麼不去做。

自此之後，我從不錯過村上春樹任何一本作品。

被譽為日本一九八〇年代文學旗手的村上春樹，一九七八年在神宮球場，一記從天而降的二壘安打，落在村上掌心的瞬間，被球選中的雙手，神經末梢撞擊了小說家創作故事的開關。看完球賽，村上買了稿紙和鋼筆，回到經營的酒吧，當晚關店後便倚著吧檯開始寫小說。

第一本小說是寫成英文再翻譯成日文的特殊翻譯體敘事，對當時的日本文壇是個巨大衝擊，也是摧毀日本文學思考的作品。村上春樹的高中同學得知《聽風的歌》居然獲得「群像新人獎」，笑說「如果這樣也可以，我也能寫小說。」然而，年輕的我確實被這樣的小說默默鼓舞。

順帶一提，《聽風的歌》、《1973年的彈珠玩具》、《尋羊冒險記》這三本小說採取一組相同人物貫穿其間，探討愛與死亡，格外打動年輕讀者。《尋羊冒險記》也是村上第一部長篇，自此之後，他才認知自己終有能力架構長篇，小說人物羊男的鮮明形象，也和之前《聽風的歌》的老鼠，或是之後作品出現冰男、電視人、海驢、發條鳥等，不論是否為披著動物外皮的人類或抽象背景，作為小說隱喻，擔負著現實世界與架空世界的橋梁。

「我從很久以前，就把那種熱烈灼燒的無垢憧憬不知道遺忘失落在什麼地方去了，連過去自己心中曾經存在過那種東西都很久沒有想起過了。」《挪威的森林》被稱為戀愛小說，來自渡邊對直子和綠始終存在著不知如何是好的搖晃感，明知慾望是存在的，但不知具體能有什麼作用。

小說中更為飽滿的是虛無的存在主義，當時渡邊就讀的大學加入學運，看著這群年輕人激烈抗爭或冷眼旁觀，小說家直指核心寫著，「他們最大的敵人不是國家權力，而是缺乏想像力。」這本小說也成為村上最為寫實的作品。

一直擅長描寫虛無、孤獨的村上春樹，將人所以存在於世，如何自處或與人共處的世界，嫁接到超現實或井、兩個月亮的時空，打中每個人都盼望有個異質空間可容納夢想。《世界末日與冷酷異境》、《海邊的卡夫卡》與《1Q84》亦採雙軌並置的結構說故事，創作節奏也習慣寫完長篇寫短篇、隨筆，再寫長篇，彷彿日月規律輪替，互補人生缺憾。

在此，我想特別提到《沒有女人的男人們》短篇集的〈木野〉，小說家進入大叔層次後，他特有的音樂元素在小說中也轉變成療癒功能。完美的讓讀者理解遭受妻子外遇的男人，失去女人後將空空的軀體封鎖在酒吧，甚至不能感受到憤怒、痛苦、失望，酒吧飄浮的音樂，彷佛羊水包覆著木野，讓他像是「乾燥的地面承受雨水那樣，極自然的接受孤獨、沉默與寂寥。」最後，木野想起音樂優美的獨奏，終於能好好想起背叛的妻子所有美好的細節，然後承認自己真的被傷害了，然後流淚。

非常喜歡這個結尾。對比之前村上的小說，此時小說家終於願意讓他的人物示弱，不再是虛無苦撐著面對這世界的傷害，承認自己受傷了，並且傷得很深很深，的確是非常不容易的事。

盡管村上的書寫風格瑣碎細膩，人物設定不脫幾個規則，卻仍然深刻同理讀者百無聊賴的每個瞬間。我是從村上春樹第一本小說追隨至今的腦粉，當年這些讀者也差不多從小文青變成「中文青」，而作家本人從二十九歲創作至今交出十四本長篇、十一本短篇小說，尚有隨筆、遊記、翻譯、紀實文學等約四十部作品，長達四十年的寫作生涯，展現驚人紀律與產量。

如果寫作是村上春樹無賴而恬靜的抉擇，熱衷跑步就是「自討苦吃的選擇」，小說家本人也在序文招認。村上曾說自己缺乏應對人際的能力，只好以自己寫作為唯一信仰，這樣的人生抉擇，還能支持自己多久，就寫多久。怎麼覺得這樣無賴的抉擇，無比幸福。

2

「完美的文章並不存在，正如完美的絕望並不存在。」—《聽風的歌》雋永的開頭，像是剛開始寫作的村上春樹叩問小說之神，從此，他完美而堅定以穩健步伐，配速跑向創作長路。

一九八五年獲得谷崎潤一郎獎的《世界末日與冷酷異境》，以單數章「世界末日」與雙數章「冷酷異境」，麻花般交錯超現實與現實，我與我的影子穿梭異境和末日，沙漏反覆倒轉的時間拼湊著潛意識與想像碎片。小說家由此部長篇之後常運用雙軌手法，是創作上的重要里程碑。

《沒有色彩的多崎作和他的巡禮之年》，這是村上近期作品裡個人偏愛的一本，承接作者以往熱愛探索死亡的創作脈絡，小說家初次讓所有角色擁有姓名，即使沾染顏色，毫不減損讀者感受到已屆古稀的作家終於離開動物、數字、希臘小島等屏障，雖然只是名字，每一次讀，都覺得村上的小說開始有別的溫度。

3

《遇見100%的女孩》中的短篇〈義大利麵之年〉，短短兩千字提到的義大利麵達八種，直寫食材與烹調方法或者還稱不上什麼隱喻，《發條鳥年代記》開頭：「我在廚房正煮著義大利麵時，電話打來了。我正配合著FM電台播放的「鵲賊」序曲吹著口哨。那是煮義大利麵時最恰當不過的音樂了。」

首部初段四句話輕易帶出樂在家事兼具品味的男人，接下來長達兩頁，不斷透過烹煮義大利麵，烘托不速之客的電話干擾和陌生人的信任關係，這期間主角除了煮麵還順便燙了三件襯衫。村上筆下總不乏這般賢慧到極點的男人，不管下酒菜或簡單的黃瓜三明治，更嫻熟各種隨時能端上餐桌的料理，如此內外兼修的男人，不只隱身於小說，據說小說家本人也是如此。

4

《海邊的卡夫卡》捷克語版本問世時，村上明白表示這本小說是向法蘭茲・卡夫卡（Franz Kafka）致敬。彷彿馬奎斯筆下的馬康多，在「許多東西還沒有命名，想要述說還得伸手去指」，命名儀式神奇的讓田村卡夫卡開始轉動背棄這世界的行動，在自己尚未犯下滔天罪惡之前，他選擇掌握命運。

不同於被家人囚禁房舍的格里高爾・薩姆沙，終究失去生而為人的基本尊嚴；村上春樹讓田村卡夫卡離開，主角立志「成為世界上最頑強的十五歲少年」，他創造出格里高爾・薩姆沙若是提早走出房間，之後的故事。

此外，短篇小說集《沒有女人的男人們》，〈戀愛的薩姆沙〉開頭寫著：「醒來時，他發現自己在床上變成格里高爾・薩姆沙（Gregor Samsa）了。」世人熟知的小說人物變身為甲蟲，也是故事展開的經典姿勢。村上卻是將小說人物互換，彷彿兩位小說家透過《變形記》這部經典作品，同理不同時空存在著被社會所棄卻不可自棄的人們，是如何每天在床上掙扎著想要讓自己再堅持一點。我想像小說家是搭著彼此的肩膀，看著躺在床上的人微笑。

而村上翻譯的日文版《大亨小傳》（*The Great Gatsby*）後記曾說，他人生中最重要的三本書是：《大亨小傳》、《卡拉馬助夫兄弟們》、《漫長的告別》，但「身為讀書的人生、身為作家的人生」，非要選出一本書，毫無疑問是《大亨小傳》。

《挪威的森林》喜歡閱讀個性孤僻的渡邊，發現身邊的朋友只有永澤讀過《大亨小傳》，永澤說，「如果是能讀《大亨小傳》三次的人，應該可以跟我做朋友。」永澤不虞匱乏好人緣的富二代形象，彷若《大亨小傳》中的蓋茲比，渡邊則可置換成尼克的視角，觀看永澤如何凝視遠方綠光，如同凝視著自以為隱藏妥貼的另一個面貌。

5

最近疲於即將結案的長篇小說稿，除了坐在電腦前追趕字數，整個人面目可憎，此時，迎來及時雨，村上的長篇新作《刺殺騎士團長》殺氣騰騰上書市了。

捧讀新書，格外感到珍惜，距離上一本短篇《沒有女人的男人們》時隔三年，已是古稀之年的小說家，日後作品會不會維持以往頻率仍不可知。

《刺殺騎士團長》一貫有村上風格，婚姻裡被背叛的男人、洞、超現實的小人，不可思議的現象等。這部作品某些部分延續了上一本小說〈木野〉那則短篇，被背叛的男人雖覺得灰頭土臉，依然強打精神展開新的情感或事業支柱。

不過，男人能承認這段關係的失敗，也承認確實被女人傷害，算是小說家處理婚姻或愛情關係的一大進步。給小說家三個勝。

然而，當我讀到男主在得知妻子坦承外遇要求離婚時，他迅速收拾好物品離開家，並聲明絕對不再糾纏，此後便搬到舊友在山上閒置的房舍居住，美其名思索自己是否要繼續畫肖像畫的創作瓶頸，實則是徹底逃避失敗的婚姻吧。

男主以為將自己從家庭抽離出來，成全了妻子和外面的男人，自己犧牲便聖靈充滿嗎？

兩大冊長篇讀至中途，像是跑步換氣困難，也有高山症發作的缺氧症狀，若繼續往下讀會很想揍扁男主，我必須承認誤讀村上處理婚姻「轉型成功」，這根本不是勇於面對失敗，而是比〈木野〉的主角更為倒退啊。我有點氣憤地撕掉心裡為小說家貼上的勝字。

若是其他作家的作品，半途廢讀者不計其數，但我可是連一知半解的《爵士群像》和《與小澤征爾先生談音樂》仍是興味十足地讀著，遑論這可是紮實的小說啊。

最終跛著爬著讀至尾聲，看到男主與離婚的前妻重新言和，並將連妻子都不知道是誰的孩子當成是自己離家時以意念使之受孕的生命。至此，我默默收回先前衝動地想揍人的拳頭，悄悄地又將村上貼上三個勝字。

婚姻不只是委屈更是求全的藝術，村上其實非常懂得其中奧妙，他曾在給安西水丸女兒的結婚賀詞這麼說：「結婚這種事，好的時候非常好。不好的時候，我每次都想一點別的什麼事情。不過好的時候非常好。但願妳有很多好的時候。」

《刺殺騎士團長》結尾不禁讓我聯想到這段賀詞。看似逃至天涯海角的男主回歸家庭，並為前妻認為自己或許能作好孩子的爸爸角色感到欣喜，小說在此翻轉出一層我意想不著的世界，承擔不可測的未來，求得家庭完整之必要，那可是村上以往拒絕讓男主真正長大的人生哪。

讀畢村上的長篇，我的習慣是從第一章重頭翻閱書中雋永詞句，譬如這段：

到底是什麼不對勁？或許是太長的歲月，為了生活而持續畫肖像畫的關係。或許因此我心中的直覺逐漸變弱了。就像海岸的沙子被海浪緩緩捲走了一樣。總之，不知道在什麼地方，水流轉向錯誤的方向前進了。我想，需要花一點時間。此時此刻我必須忍耐，必須讓時間站在我這邊。這樣我一定能再度掌握住正確的流向，那水路應該會再回到我這邊來。

或許，我始終喜愛村上春樹的原因，是小說家雖已年屆七十，每次閱讀，毫無意外，總能驚訝他心中存有尚未啟蒙與崩壞的部分，永遠能達到難以言喻的平衡。彷若小說的沙子在他的天秤東加一些西挪一點，從被放逐的主角和大量孤獨直面內心的座標，慢慢堆積出不致坍塌的世界觀。

最後，將《刺殺騎士團長》放回書架，完成補血儀式，戰鬥指數呈現滿格狀態，彷彿自己也可以展開未知的十萬字那樣減少了些許猶疑。

小說家下一部小說尚不知何時面世，望著架上排列整齊的村上們，或許，下次重讀，我要再讀慢一點，去感受小說家形容的水路，會在什麼時候流到我這邊來。

離開這裡，
就是我的目的地

輯二｜我只是來借個靈感

我懷念的

我喜歡旅行，也討厭旅行。

不辭千里抵達遠方，不就是為了遠離家，遠離熟悉空間。但是，經常腳還沒著地，飛機尚未落地，我卻抓著身邊J喃喃地說，好想回家。J的表情可想而知，將宅女騙出門可不是那麼簡單的事，好戲還剛開始呢。

每回出門遠行，喜歡看世界的我總是萬般矛盾和另一個好逸的自己爭吵，我只能說，旅行是一切不順的開始。

最不順的一件事已成此後旅行陰影，抵達異國，過了海關驗證照，提領行李之際總要奉請諸天神佛保我平安順遂。那是幾年前去東歐旅行，不論是洋蔥頂教堂或紅場，聖彼得堡和波羅的海三小國，連逛超市時一望無際的伏特加，這些記憶都比不上行李沒跟上旅程。

從香港轉機到莫斯科再轉華沙，所有人行李都乖巧的來了，繞著整個轉盤都轉成花栗鼠的我，還是望眼欲穿……總之就是人稱「惡航」的航空公司，居然將我的行李孤伶伶留在莫斯科機場。

焦急地穿過大半個機場在角落找到申訴處，辦事人員雙手一攤輕巧地說，或許，過幾天就來了。

沒有行李彷彿失去寄居蟹的殼，旅伴們每日問候必定是，妳還好吧？沒有行李還好吧？怎麼可能會好，我極討厭赤裸的感覺，不過是丟了行李，並不是世界末日。

行李是在陌生異地的畫皮，那些衣物令我成為一個世故的旅者或波希米亞流浪人。失去這些裝扮，失去觀光客的凝視，鏡頭也擋住旅行的眼睛，在鏡頭背後的我，終日失神。

J好心借給我他的背心和短褲讓我充作睡衣，異國他鄉可不像臺灣處處便利商店，旅遊景點除了紀念品還是紀念品。還好跟旅伴化緣得來保養品試用包和拋棄式牙刷，白日穿著同樣衣物，雖可蔽體我心卻襤褸，旅行中體驗貧窮是我唯一收穫。

遺失行李前兩日，身無長物，僅是遊魂於異地，越發不想拍那些巍峨教堂、古老城牆，記憶卡留住的皆是東歐國度相伴身影，或許是依偎緊靠的感覺，暫時遺忘了我是一個沒有殼的旅人。

第三天晚上，遲來的行李終於抵達旅店，找回出發之時醞釀一整衣箱的旅次想像，像迷你交響樂團被冰凍了整個音樂季，爭先恐後散發著叮叮噹噹的歡愉聲。找回畫皮的隔天，我發現鏡頭改換了取景，相伴身影不再是焦點，拜占庭建築圓潤的頂蓋，彷彿掀開金帽子向對著舉起相機的我投來幽遠注視。

旅行總要自得其樂，最忌被小事打敗，這也是丟了行李才學會的事啊。

找到行李，再來談談長途飛行吧。像我這麼良善好相處的人只要搭長程飛機卻極易被挑起怒氣，沒來由的疲憊感無盡蔓延。疑似幽閉恐懼症的歐吉桑和大媽，沿著狹小走道來回漫步，沒有亂流阻止他們，真能走到地老天荒也說不定。雖然得嚴防隨機撞來的臀波浪舞，但連看兩部電影仍能入睡的我，由衷寄予無限同情的目光。

相信我，旅行就是找自己和別人的麻煩。

晝夜不分吃喝昏睡，十幾小時轟轟作響的噪音，加上小孩驚聲尖叫罵罵號，整個機艙是將爆未爆的壓力鍋，在三萬多英呎高空嗤嗤響著呼與吸的廢氣。精氣神還在九霄雲外漂浮，一下機又得轉機和海關奮戰，不過是為了兩根疑似剪刀耳的牙線棒，翻出的隨身物品像地攤貨任人挑揀灑滿 X 光機履帶，低頭看著戳印未乾的護照，我再度和身後的 J 說，「唉，好想回家。」

好啊，妳下回就不要說要去旅行噢。旅伴經常是另一半 J，他帶著揶揄的笑讓我覺得意志衰弱就輸慘了。

衰運似會傳染，緊接著J的登機箱也被傾倒一空，這次有問題的是暖暖包，黑人海關不解為何要攜帶這搓揉發熱的玩意兒，我們只好相視而笑嘆口氣，努力解釋這來自亞熱帶的發明。

全身摸透透搜身過海關，搜出日常小物警報乍響不過小菜一碟，旅行，才剛剛開始哪。

平日我總窩在家中寫稿，不動的時間居多，行旅的腳移動視窗，讓我固著的視線產生了化學變化。J退休後，我們經常結伴同行，自助跟團皆可，凡是需要挑戰體能極限，日夜顛倒，上山下海舟車勞頓都不算什麼，即使要解掉定存或以信用卡分期預支行程，我們都會盡力去做。

旅行是重返青春的鑰匙，是迅速離開日常的真實夢想。

幾日短旅已不能滿足我們，來不及湧出鄉愁，來不及身心俱疲，連休足時間都顯得浪費，卻已搭上回程班機回到這座島嶼，那怎麼行。我和J開始挑戰離開舒適圈抵達更遠更奇險之地，沒有多啦A夢的任意門，只有區區肉體和薄弱意志可仰賴。

譬如兩年前的西藏旅程。前往藏區的旅者首先都得克服高山症，我以為自己頭好壯壯前世是藏族投胎，一開始並未服用藥物。心存僥倖的心態實在不可取，結果人還在林芝，海拔不到三千，不但食慾全無噁心外加腹痛如絞，未到拉薩已成病貓一隻，幸而乖乖服藥後病情減緩，隔天又能繼續行程。

旅行無論發生任何狀況，最終必得堅持信念，相信自己可以痊癒起來，完成地圖上的遠方。

還記得在羊卓雍措，那天摟著藏獒拍照，心裡漏跳好幾拍，在那裡我留下的是試膽畫面，也只剩這個可以說嘴了。在將近四千五百公尺的高度，慢慢走，那飄浮的腳步，盡情投入連綿至天際的山巔湖海，佇立於青藏高原每天仍頭疼欲裂，即使在旅行結束前一天高燒不退，仍然覺得不虛此行。

西藏正是個挑戰肉體意志勝於精神意志的所在。

我懷念的，還有青藏鐵路臥鋪火車徹夜奔馳在近五千公尺高原，超過二十四小時的車程，沿線經過不知凡幾的車站，甚至是無人看守的小站，照片檔只留住「羊八井」的站牌，海拔四千三。

火車移動，雲霧移動，顏色移動，風景移動。只有我的呼吸，偷偷吞吐。

火車和大地揉雜一氣的心跳，讓我捨不得睡去，也捨不得醒來。

途經世界最高的淡水湖泊「措那湖」，四千六百五十公尺，美麗深邃的湖水彷彿始終不曾結束的「大海」，手指快門按到疲乏。如霧亦如電，如夢幻泡影，仍不能定義眼前所見，那是從西藏回台後，最深的體會，你會覺得眼前所見，是假的。

再轉動發條，回到二〇一一年，J辭去正職，我剛考上碩士班，不顧現實往非洲飛去。

東非肯亞是動物的天堂，也是重整自我心緒回歸自然的好地方。不過連續八天困坐吉普，鋪滿碎石的路況，毫無商量餘地，可得有堅強背脊和肥臀，沿路顛簸的內臟也跟著活潑好動，上一秒被提高到胸口，下一秒又迅速歸位。

旅者最好擅長遺忘，遺忘所有不順來襲的細節。

回到臺灣，我懷念的，盡是肯亞無邊無際的草原，沒有路標，日日跟隨動物作息，我們瞬間就被獅子和蹬羚拋在後頭，有如泥石路上的壓痕和左右傾軋的雜草，卻又如此貼近大地脈動的活著。

一直凝視著動物，無論是思想或行動，不免對身而為人的粗糙湧起厭惡感。

望著斑馬或象群在草地奔馳或漫步，尤其身高從四公尺至六公尺不等的長頸鹿，只能透過鏡頭才會發現牠絕美之處，在於眼神，好溫柔，會說話，像在細語風和葉片的說法，細長的腿如此飛快，踢翻的塵埃，我願整天於其後跟隨。（盡管沿路又遇見獅子大象蹬羚牝豬……要跟隨的隊伍變得好長。）

我懷念那年在夏日終了，站在赤道，以為會有烈日灼傷，卻發現在沒有磁場的地球中央，溫度，膚色，風，情感，回憶，在那個立足點完全靜止。終於，我們逃離了順時或逆時，不再被左右的佇立荒野，天地混沌，近似誕生的剎那。

離開現實竟如此美好，站在赤道曝曬的自己，完全失去立場，多好商量。直至返回文明兩三日，遠離非洲之後，純淨草香、掩藏在草原裡小獸的尖耳朵、跳動不停的石子路、路邊熱情招手的孩童……

我懷念的一切，彷彿短暫的夢，凝結在琥珀時光。

回到生活，才能懷著遠離現實的夢，再去一次虛構的世界。我與我的旅伴J，平日生活澹泊，唯一共識是存款日漸消瘦也無妨，趁著還有體力走遍世界，不過是挪用老年時間，屆時齒牙動搖，關節喀喀響，哪裡也走不動時，還能坐在沙發上抱著貓咪，翻閱旅行時光。

旅行，有時只是最美的虛構。不旅行的時候，我總這麼想。

肯亞，馬賽馬拉草原奔跑的瞪羚。

貓在旅途

喵喵，你在幹嘛？喵喵，你家在這嗎？

你從哪裡來，要往哪兒去？人生三問作為人貓初識是再好不過的話題了。

萍水相逢經常學貓叫，喵喵喵喵，模仿貓的官方語言，博取好感的招呼著。對此，總是一起旅行的Ｊ提出不同看法，他說對方肯定覺得無奈，搞不好是叫咪咪、皮皮、波波……

Ｊ老是劃錯重點，名字是人們一廂情願的記號，對貓而言，重要的是傾聽呼喚聲，絕對能辨識誰是喜歡動物的人哪。

不過，有些一臉看起來很有個性的貓，聽到有人學貓叫總是很困惑，不得不停下腳步，歪著頭回望。

我邊諂媚邊拿著手機對準貓臉，也會有貓忽然回應一聲，扭頭又走了。她或許真的在說，難聽爆了，本宮根本不叫這名字，又來一個自以為是裝熟的。

真的不是故意和貓們裝熟，而是出門在外，遇見任何矮身行走的小獸，總是格外想念，沒人在家的日夜，家中貓兒都怎麼想或不想我們啊。

這也是身而為人自我感覺太好的想法。事實證明，每次長時旅行推著行李箱返家，家貓沒在客氣地經常立即奔逃躲藏，我只得加倍阿諛獻身方能收復失貓。

近幾年，移動足跡遍布三大洋五大洲，不論迢遙至南美智利、阿根廷，或是亞洲邊境的新疆和西藏，時差和溫度不是問題，沒貓可擼可能是個問題。離家月餘，偶爾會想念家鄉小吃美食，食物大於床，貓又大於食物，鄉愁等於貓。

生活有貓於我是日常，自然亟需在遠行空檔多吸貓以振精氣神，這也是為了此後尚未完結的旅程，以及不拖累旅伴J著想。

J覺得我乾脆在家擼貓豈不省心省錢又省事。話不是這麼說啊，至遠方，才感到自己即便飛越千山萬水還牽掛家中小獸，雖是件很小很美的事，但旅行不就是遠離固著之地來教會我們珍惜當下嘛。

有貓自動投懷送抱，是我理想中最美好的旅行。

春日未了方由北非摩洛哥歸來，那裡的貓彷彿與你熟識已久，早在那城牆那長巷那轉角等待你。你走近，他們便帶著柔軟身體靠近，給你一個充滿愛的摩挲。後來，揀數記憶卡的貓照竟有兩百餘張，這是以往旅途從未出現的數字。

與貓同居已十餘年，貓的神情我始終看不厭膩，為貓拍照實在是一件瞬間能將煩憂轉移到異次元的事，指尖按下快門的剎那，彷彿與貓心神合一。我這麼說很抽象，或者我前世是伊斯蘭教徒也說不定，才會與貓如此親密。

伊斯蘭教徒視貓為聖潔的動物，貓吃過的食物就是合法認證的清真（halal），喝過的水更是祈禱前的聖禮，據說他們的先知穆罕默德曾因不忍驚擾貓在長袍午睡，遂割斷衣袖出門，可見貓至高的地位。

旅程展開前，導遊特別交代不要隨意拍攝戴頭巾著長袍的人們，他們不喜歡成為旅人鏡頭裡的獵物，當我屈身沉醉地拍貓之際，卻總有人主動和我說話，說這隻貓多淘氣那隻貓壞脾氣，甚至，也允許留下他們與貓嬉戲的模樣呢。

隨處可見貓影在各個老城出沒，隨時有人餵食小魚和牛奶，摩洛哥真是愛貓者的天堂，也是人貓心意相通的國度。

旅行想擼貓這事完全靠運氣，有時住處荒僻，眾裡尋貓貓不在，有時見貓

摩洛哥是愛貓之城。

不是貓，那貓就在燈火闌珊處，這種狀況也是有的。前年偕 J 和 W 到美國自助二十餘天，行程中段來到奧蘭多，住在 Airb&b 住處附近巧遇兩貓的情景仍歷歷在目。

二十餘天的長旅，在伊利諾盤桓數日再搭機至紐約、邁阿密、奧蘭多等地，多住在民宿，有的屋主會熱絡現身交付鑰匙介紹房舍內部，彷彿結識已久的親密好友，有的僅以訊息聯繫直至三天後退房始終神隱，從一房窺看一主的內心也是有跡可循。

奧蘭多民宿即是冷冰電子密碼鎖，正當我們嘰嘰喳喳在門口研究，我的小腿接收到一股輕柔波動，隨即一聲喵嗚傳來，不誇張，猶如仙樂飄飄令人渾身震顫……啊是賓士小貓呢。

欸，喵喵，你怎麼在這？喔——原來你家在對面啊。

說完我馬上屈膝就貓，拍拍，摸摸，蹭蹭，可謂人貓相見之智仁勇，個人鄙見三達德全梭了才能稱得上貓的朋友啊。

不懂貓語的人或許覺得你就繼續畫虎蘭沒關係，那麼，姑且再聽我多說幾句吧。

只見賓士他確認了想要確認的，又低沉嗆呼長音，慢吞吞走回對門的深色地墊，將頭埋進交握的手裡，繼續剛剛的睡眠。

他是好奇寶寶，來打招呼順便看看我們在幹啥好事。W說。

他是來說，能不能請你們安靜一點……J說。

對，他還說，需要時給我個電話咧。我忍不住進行美國小說家瑞蒙卡佛書名的接龍。

隔天早上，在停車場再次看到賓士，這次他帶來同伴賓士B，兩隻像雙胞胎分不出誰是昨日的賓士。夜晚看完迪士尼聖誕限定光雕秀和煙火，一行人披掛七彩噴射的花火迷濛雙眼回到住處，有意往對門一望，他又端坐在鄰居地墊那方！這時，他是賓士A或B都可以，有貓等待就是今晚最美的流焰句點啊。

貓與地面融為一體的夜間素描，若是他不轉頭望向我方露出臉龐僅有的潔白，在夜闇的二樓長廊，我們是否將要錯過他了？

他在等我們回家耶。W興奮地表示。

他該不會……一直在等吧？J遲疑著還是這麼認為呢。

我還沒開口，賓士早就小跑步奔來腳邊，磨磨昨日的小腿，同樣令人酥麻，他肯定在說，等你們好久了。然後，又拖著胖腿，緩慢地走回他的床。

第三天早上準備離開奧蘭多，開門不見賓士在鄰居地墊，停車場左右張望也未曾看到賓士A或B，有點失望，像是即將去國遠行好友卻未前來相送的悵然。

車行一會兒，Google附近有一個湖，大家決定去探險順便尋覓午餐地點。

早晨微風徐徐，緩緩吹散方才萌生的惘惘的惆悵，沿途看看兩旁房舍，原木造型的麋鹿啊，纏繞繽紛小燈泡的圍牆啊，一般般，連聖誕老公公都覺得沒啥創意的裝飾從眼底流過去。

瞥見有間敞開大門的鴿灰色建築，院子可停五部吉普車那樣佔地寬廣，好像也平凡無奇，忽然，一隻灰白小精靈輕快地穿過庭院踮腳尖跑過來……

該不會這可愛的小東西，大老遠就感應到我貓貓天線的雷達吧。

喵喵喵喵喵喵——你住在這裡嗎？（喵喵心裡苦，沒別的話好說嗎？）

基於自家兩小貓日日不遺餘力將氣味抹在我身上，渾身散發貓味的我，一嗅陌生貓，即使手上沒有食物，他們總會很賞臉的過來High fave，當然也有可能是想瞧瞧這偽裝成人的大貓有多麼厚臉皮。

我蹲下身和灰色小精靈開心的磨來磨去，身後卻響起一低沉男音，Bunny

are you happy？

原來她是 Bunny。她知道自己叫兔子的名字嗎？我忍不住在心底竊笑。Bunny 主人摸摸她說，Bunny 三歲了，還是很愛跑出來閒逛，邊嚷著回家啦。

所謂主場優勢就是主人轉身，貓咪隨即尾隨。頓時，我發現 Bunny 和家貓球咪一樣，是貓皮狗，生理是貓，心理質地是狗啊。

那趟美國的漫長旅行，這般與貓不期而遇的機會並不多，或者是美洲幅員遼闊大貓們藏匿有方，也或者城市貓不輕易在人蹤稠密處現形。

據我淺薄的旅途有貓數據顯示，城市貓多在暗巷或汽車底下，張著驚惶的眼，傳遞你別太靠近又希望你可以給點食物的訊息。山林野地的貓，是神隱少女或小白龍，你確知他們並非迷路或遺失自己的名字，他們總歡快地出沒於人煙和森林交界處。

有回到中國偏遠之地內蒙旅行，僅僅驚鴻一瞥兩次貓影，無法順利將任何一隻呆萌傻的模樣留在鏡頭裡，這與至摩洛哥短遊等同於貓的旅記，如此相異。

不過，他們願意為你現身的剎那，彷彿一期一會，或是此生再也不會相見那樣匆匆別過，這也沒關係啊。知曉他們是自由的獸，也很美好。

1/2的幸運之旅

我不能忍受的是一直欺騙自己，睡，不過是件很小很美的小事，僅僅被他人睡相誘惑也會萌生殺意。

前有直接涅槃躺成莫高窟臥佛，後則如北海道刎頸交纏的丹頂鶴，左旅伴放下桌板支著下巴睡成羅丹雕塑沉思者，右旅伴恬靜地成為大都會博物館的克里奧佩特拉。

身旁的J雖調整幾次睡姿，最終在座位縮起雙腳宛如嬰兒安穩入睡。不成眠的四萬英尺高空，眾人皆睡我獨醒，只得悻悻然收回殺意。翻閱近幾年漫長的旅程，沒有存款或固定工作也沒關係，待我意識到自己習慣背對恐懼的瞬間，我和J，總在準備出發到某一地。

長旅的開端是二〇一二年夏天。

那一年，我們均面臨生涯轉換關卡，我忐忑地推掉本來就稀落的工作，揣著僅有存款決心唸個碩士，再思索是否繼續創作。為保有健康與更有品質的生活，J亦決意提前從勞心又燒腦的資訊產業退休。同時失業的兩人，共同信念是盡量隱瞞雙親，趁著身體禁得起長途折磨，我們決定前往東非肯亞。

出發前，雖已提前施打黃熱病疫苗，仍對非洲有諸多恐懼。傳染病或是冷不妨被動物攻擊，拚命搜尋部落客分享的旅記仍無法解除疑慮，或許，我也不清楚心中最害怕的東西是什麼吧？

背對恐懼，將自己放逐到天涯海角，是我所能想到最簡單的方式。

那年的肯亞機場狹小破舊，旅伴彼此耳語此地治安堪慮之際，當地嚮導已快速引導我們搭上吉普車，離開擁擠喧囂的首都奈洛比。

冗長車程，沿途跳動不停的石子路，拉車前往馬賽馬拉時窗外景致全然改觀。

偶有衣衫襤褸的馬賽族孩童熱情地奔上招手，還來不及回覆同樣熱情，車速將他們瘦小身影徒留塵沙漫天的長路盡頭。沿途拋在車後的還有鐵皮搭蓋的住所，以及在路兩旁痀僂著背穿著厚重且色彩繽紛毛衣的老者，他們販賣不知名瓜果和草編容器，不忘在眼神交會時慷慨露出潔白牙齒的笑容。

車行幾小時，住家商店越發零落，接近草原邊緣，瞥見穿著牛仔褲長袖襯衫的牧羊少年斜倚牆角，專注翻閱書本，那書或許也是他的手機或IPAD吧。

在肯亞的確少見居民拿出手機，他們喜歡深深地凝視著你。

車隊逐漸靠近，錯身而過的我們，天地蒼茫，沉浸於文字的他未曾抬起頭，羊兒仍閒散地啃食褐色草地，彷彿一幅會呼吸的圖畫，毋須遠赴美術館經由語音導讀便能理解何謂永恆。

無法形容那一瞬，少年擁抱天地，始終待在車內的人得以移動到遠方，遇見迥異不同的風景。抵達肯亞，首先看見的是自己的幸運。

六人一部覆有頂蓋的四輪驅動車，唯有相機鏡頭得以伸出車窗或頂蓋邊界。日日跟隨動物作息，我們在馬賽馬拉草原待了好幾天，網路不好但動物訊號滿格，讓人體會何謂真正的崇尚自然。

我們和各種動物極為親近，卻不能預期每天能看見什麼，無法預測，計畫無效，往草原各方移動充滿未知期待。

曾經車子停駐芒草蔓生的小徑，當時我們在觀看蹬羚排遣，只見原住民駕駛接起無線電一陣驚呼，隨即車頭一轉已速速奔馳至那方矮樹叢。倏地，司機老大放慢車速，關掉引擎，將食指豎起唇間，要大家莫出聲。

此時，所有愛睏的眼睛頓時被點亮，幾乎與芒草同色的母獅正帶著兩隻小獅搖搖晃晃走過來。

天哪！我們和獅子的距離僅僅一輛車的寬度。

倘若後製車內所有旅伴獨白，那是……快打我一巴掌——我不敢相信——母獅本尊還有小獅辛巴兩隻——母獅慵懶地或坐或臥，凝視著小獅彼此啃咬翻肚打滾，這是真的！驚嘆不足以形容內心悸動。

那一刻，早已將莫名恐懼拋之腦後，最好時間能將我摺疊進草葉風沙的縫隙，再緩緩地落於這片黃土，任由動物們的指掌撥弄也沒關係。

接續又有兩三部驅動車聞風而至，同樣萌生默契不發聲響驚擾，即便是呼吸或些微波動仍然啟動貓科動物警戒啊。母獅起身先是帶著其一小獅從車陣穿行而過，另一小獅遠遠落後，人啊人，各個瞎操心，小孩掉隊該怎麼辦？只見母獅幾步一回頭又拎上貪玩小獅。

大獅小獅結伴而行越過草叢爬上小坡，好像牠們只是出來吃個午餐順便看見一些巨石或會動的恐龍之類，動不動就大驚小怪的人類，大概也只是礙眼的蒼蠅。

馬賽馬拉大草原，隨時都會上演超越 Discovery 的生態全紀錄。通常早晨離開住處，可能矮樹草叢掩映處端坐兩隻彼此理毛的狒狒，車行兩條小路分岔處幾十隻斑馬正有秩序地從我們眼底過馬路，轉頭又發現牝豬一家輕盈地快跑，原來那頭有鬣狗現身了。

七八月正值草原繁殖期，動物們經常端出全家餐讓觀光客驚呼連連。當地原住民司機，指著草原上一列象群，肥瘦勻稱老中青齊備，食指點點居然有十五隻，他閒散地聊起並不是經常能看見象族集體漫步，今天運氣真的很不錯。

運氣，在東非肯亞絕對比中樂透更讓人想要貪婪包攬全局。

不辭千里來到此地，為的正是數以萬計的牛羚大遷徙，傾巢而出氣震山河的移動，因為牠們得趕在夏季結束前，從馬賽馬拉草原前往坦尚尼亞的賽倫蓋提草原，牛羚族群如何渡過危機四伏的馬拉河，更是這場「天堂之渡」的重點之最。

相較我們寫在臉上的興奮，原住民司機老大淡淡地說，牛羚會不會渡河很難說，可能上午可能下午，可能今天可能明天，總之有二分之一的機會可以看到。

一半的機率，人人頓時成為賭徒，紛紛在心中擲起幸運的骰子。

這是一趟所費不貲的旅程，此生，我或許不會再來肯亞，不禁也貪婪地在滿天繁星的夜間草原靜默許下心願。

然而，隔日下午，我們正喜孜孜觀看獵豹一家玩耍，司機老大忽然又接獲無線電密報，說是聚集在河邊的大批牛羚蠢蠢欲動即將開啟天堂之渡了！

說時遲那時快，車馳電掣，我們七轉八繞便抵達寬闊的河岸腹地，只見兩岸已聚集幾十輛四輪傳動車，黑壓壓的牛羚正有規則地在河邊奔跑，或蜿蜒或直線，其中自有秩序。司機老大說，不要太期待呀，要有領袖啟動其他同伴才會跟隨，可能還是一場空，聽說這幾天都是這種陣仗呢。

大家只得摒住呼吸，寄望幸運降臨，車內無線電偶爾嗶嗶響起，車外牛吼鳥鳴，不知經過多少時間，牛羚始終在岸邊徘迴。

車內車外，緊繃的氛圍，讓我想起出發前縈繞胸懷的莫名恐懼。才發覺都是一樣啊。遲遲無法決定，忐忑揉雜不可預知將要發生的什麼，都是一樣的。

那近似村上春樹在〈萊辛頓的幽靈〉小說提到，「我們在這人生中真正害

肯亞動物大遷徙，考驗成千上萬牛羚的天堂之渡。

怕的，不是恐怖本身。恐怖確實在那裡。它以各種形式出現，有時候壓倒我們的存在。但最可怕的是，背對著那恐怖，閉起眼睛。結果我們把自己內心最重要的東西，讓渡給了什麼。」

恐懼或許已移轉成心中最重要的東西，孤獨、失敗、憂鬱、親情……每碰一次，可預知的，會遍體鱗傷的東西。人生真正恐怖的，從來不是兇惡之人或鬼怪，而是將自我纏繞成異形的那個懦弱的自己吧。

正當我決心將恐懼的種種也從心裡揪出來，丟到寬廣的馬賽馬拉草原之際，河岸一陣騷動，無電線頻頻作響，牛羚大軍啟動了！領袖帶領牠們衝了——

此時，我深刻感知人類的極限，在自然萬物面前，自我多麼渺小。

我們缺乏勇氣和面對恐懼的力量，甚至肉眼亦無法辨認牛羚們完成遷徙這最後幾公尺路的神情，唯有借來長鏡頭的眼睛，為這趟草原史詩般漫長的移動留下最美的紀錄。

最終，牛羚或我們都得到那二分之一的幸運。

遠離非洲之後，縈繞於腦海的仍是寬闊無邊大草原、歡快輕盈奔跑的瞪羚、顛簸的石子路、草叢掩映的尖耳朵，牠們的時間如此永恆，足不落地的戳印著未來未來未來……

肯亞與臺灣，時差五小時，我卻有重返混沌，經過母系社會或鐵器時代，貼伏天地作息，將自己系統重整回復成原始碼，像被攔截了記憶，卻又在幾日內快速成長為科幻機械的怪異人類的錯覺。

回來文明世界兩三日，非常厭惡身而為人的社會，文化厚度或歷史教訓好像都不存在，只有顏色和意識形態，連言語都無法好好的傳遞。作為萬物之靈的人類其實是巨大的諷刺吧。

然而，那年夏天初次展開的旅程，二分之一的幸運，最終讓我發覺恐懼無論幻化為何種面貌，面對它最簡單的方式，不只是離開一種。

旅行的斷捨離

就太陽巨蟹上升射手的人，棄家不顧，頻頻遠行在後中年期是不可思議的事。熱愛星座問事者都知曉，即使三十歲以後看的是上升，無法脫胎換骨沁入脊髓的那縷魂，就念舊與迷糊，我常拿它沒轍。

午夜夢迴，統整行李箱即將出發前夕，不免想起旅行最好用的物事，輕柔的羊毛圍巾、保溫瓶、額前髮夾、曬衣繩，轉接插頭和充電線……還有幾本鍾愛的書，怎麼轉瞬不見影蹤。

近幾年，我遺失的物品，大多發生在旅行途中。

倘若歸來後身體康健外加家當齊備，那真是罕見的順風平安，即使耶穌基督和觀世音菩薩被我祈求到厭煩終於表示欣慰。

一日在報刊讀到某作家朋友書寫遺失之物，數次弄丟背包、手機到戒指滑脫在辦公室或杯子等處，洋洋灑灑的失物小史，讓我暗暗生出敬意。不是健忘啊，分明是愛物惜物，方能牢記並細數這些小物遠離的時時刻刻。

想我的失物們，總要數天後才會發覺或許是那個下午，它遠去的瞬間，究竟是如何漠視或無視它的存在呢。

男有分女有歸，物也有屬地。失物，是因大意身上物而誕生的失誤。日常雖是反覆，亦是表露秩序的生活，於我而言較不易出錯，自然遠赴他方的失誤，也是預料之外的事。

話雖這麼說，旅行中的我，得以擺脫熬夜日食兩餐的惡習，日日按表操課或者作息太過規律，步行隨時破兩萬比打手遊闖關更為勞心勞力，海馬迴因而混亂產生失誤也說不定。

我發覺在異地遊晃，身和心總是自動衍生斷捨離的狀況，想不到旅行的時候居然得以輕輕鬆鬆拋棄執念。

斷捨離（だんしゃり），是由日本「雜物管理諮詢師」山下英子所提出，意旨「斷絕不需要的東西；捨去多餘的事物；脫離對物品的執著」。

隨著遠颺的里程越來越遠，抵達的遠方不及備載，我漸漸有一套斷捨離的經可唸。

那些形而下可丟棄的身外之物，真的不足惜；反而是離開固著之地，堅持的執著的，種種全都得放棄的原則，才是試煉。

首先是斷。

爬山涉水搭船搭飛機不算什麼，日日步行一兩萬步算是基本盤，難相處外加潔癖認床，勸你哪裡都別去方得萬世順遂，留在家裡更能保平安。

倘若習慣地球以你為中心運轉，一切掌控在手，不喜跟團上車睡覺下車拍照尿尿，自助得精通十八般武藝，遠行前得掂掂斤兩，跟團更得動作神速委曲求全。不論哪種旅行都得將堅持或執著放棄一半，以求所有行程順當為上策。

吃喝拉撒睡，任何你在家爽爽過的方式，全都不要想，枕頭絕對比不上家裡符合你頭型的軟硬高低，更別想要認床認枕認馬桶，只要認清自己那顆想要旅行的心就是最好的指南。

繼續想著，你忍耐生活的平庸與反覆，忍耐工作壓力與自我折磨的種種情感，那顆心已千錘百鍊，還能這麼活潑跳動著，撐過多少日日夜夜，飛越千山萬水，才能站在南美洲復活節島面向大海的十五個摩埃身邊，放空。

對，僅僅只是放空，這很簡單嗎？

復活節島排排站的摩埃石像。

其實當我歷經二十幾天疲憊長旅，船隻火車飛機奔波輾轉，行李箱滿是滄桑，鎖頭毀壞一個輪子也不翼而飛，起早趕晚飛了六小時將自己送進復活節島時，撲面而來是世界各地的觀光客，心想不過小小海島，難道我們澎湖綠島馬祖蘭嶼不行嗎？

說實在的，我也去過幾次臺灣離島，小島上通常新舊建築雜陳，空有人情味卻無法保留整座島原始樣貌，有戰火洗禮也有核廢料置放，巍峨坑洞和碉堡彷彿唱著哀歌嗚咽著，抵達離島聽聞熟悉言語控訴歷史種種總不免心情沉重。

旅行很難不追尋文化洗禮，但行至異國卻特別能將自我傾倒一空，裝進他處的歲月風雨。

矗立於復活節島的十五座摩埃也存在著歷史鑿痕，一個個皆是當地原住民族長逝去後的化身，面貌各異的他們化為神靈，日夜守護著這座小島。遊客如你我，面朝大海，很容易幻想自己是第十六第十七座石像，或者，我們同時也想起心底有個想要生生世世守護的人吧。

整座小島均為低矮房舍，少見兩層樓建築，有天下午，從海邊的一列摩埃身旁離開，信步沿著海灘步行返回住處，發現這裡也有和臺灣離島一樣漫長的海岸線。

海風徐徐，吹散白日燥熱，恬淡閒散的南島風情瀰漫在每個角落。空氣、濕度、日光、一起散步的人，若不說這是復活節島，幾乎是我們的日常啊。

回到小木屋，趁著大好日光，抓緊時間漿洗衣物，一件件鋪滿院子草地，旅行中途，我們特別喜愛復刻生活片刻。我和J各據一張躺椅，喝著啤酒翻開小說接續未完情節，微風攜帶南太平洋的水氣和啁啾鳥鳴，時間的轉速很慢。

J說，這和我們在家做的事也沒兩樣嘛。

在家洗衣讀書怎會如此悠閒，心情不一樣，一切就不一樣。我說。

在復活節島，彷彿不追趕時間，也不被時間追趕，如果可以如此樸素生活，不眷戀俗世，說是容易也不容易。

再怎麼捨不得離開，旅行最需要了斷的就是對此情此景的執念，隨時都得收拾離情，往下一地前進。

我捨不下的唯有，書。這是我斷捨離的缺口。

沉甸甸的書是其他旅伴不可承受之重，行李箱錙銖必較的重量，怎麼可能讓渡給幾本書，我最捨不下的執念卻是行囊必要保留書的位置。

曾經以為一面旅行一面讀書是件非常浪漫的事。行前總會一再挑選旅行讀物，也不太掙扎，去哪個國家便讀當地作家著作，有時，也可能在出發前半年即展開漫長閱讀。去日本必讀村上春樹，到中國東北先看過莫言、賈平凹，即使順道去上海也要讀過張愛玲和王安憶，當然抵達美國自助前半年我已開始重讀海明威和費茲傑羅。不只孤讀，J在南美洲月餘的行程前，已然精讀馬奎斯和尤薩厚厚一疊著作。

我們預計補滿伊斯蘭地圖，前往土耳其的那年秋天，喜不自勝地將帕慕克系列作品從書架請下，從《我的名字叫做紅》到《純真博物館》和《別樣的色彩》，作家筆下的伊斯坦堡比旅行還要早一步戳印我的生活。

行前閱讀不夠，未完成的讀物趁著長途飛機或拉車平穩時，總攤開書頁承接異國氣味津津有味讀著。也有幾次，飄洋過海的書一頁不曾翻動又帶回家，而沿途讀完自己的書，繼續和J交換讀品撫慰身心自不待言。

很多朋友羨慕我和J總是說走就走，隨時都在計畫前往下一個目的地，這些朋友的經濟狀況絕對比我們還寬裕，他們或許只是放不下工作家庭，還有說不清的種種牽絆吧。

依我淺薄的經驗，旅行老手要具備兩個天賦，一不挑嘴，二不認床。旅途三餐總沒有自己動鍋鏟來得稱心如意，多麼不喜歡吃的東西抱著嘗鮮的心情，吃一兩口才是不虛此行，我這人平常毛很多摸不順，旅行時特別好商量，看見什麼吃什麼。

話說不挑嘴，千里跋涉抵達祕魯，不論是印加汽水、海鮮生魚罐、柳橙MIX百香果，還有機場或飯店提供的古柯葉都能興致盎然嚐嚐。不料到了庫斯科，立即自己打臉，當地導遊居然安排了印加民族在年節方能品嚐的天竺鼠大餐。兩個小時前不是才去觀看豢養天竺鼠的人家，現在油亮噴香端上桌，手臂大小的天竺鼠直愣愣凝視著我，我始終無法伸出叉子，也無法多看一眼那可愛的小傢伙。這個殘念就留在祕魯，我心甘情願啊。

所以，想當吃貨是一回事，有沒有那個胃能裝進世界各地的山珍海味又是另外一回事，兩者均不可自我感覺過於良好。

記得那年至中國北疆五彩城時，有天整日長途跋涉，計步器顯示超過兩萬步，晚間早已飢腸轆轆，一行人到了景區餐廳只願來碗熱呼呼的湯麵心已足矣。想不到負責點菜的旅伴很給力地點來回族有名的「九碗三行」，店家上菜時特別介紹此菜為回族婚喪喜慶等節日必備，九個相同大小的瓷碗，四個角落定是肉角，其餘菜色兩兩對稱。老闆笑著搔搔頭說，由於時間晚了，臨時操辦一桌，沒那麼講究大家就將就將就九碗三行，意思算是到了。

深刻記得那天貪嘴，夜裡脹氣折騰整晚，當地氣溫遽變，我的胃隔日又轉成胃痙攣。後來，即使美食當前也要適可而止，淺嚐即是小確幸，在旅行時絕對要斷了大飽口福的念頭。

斷和捨，兩者不好說，都是割裂，有點朦朧有點曖昧，看你留戀舒適圈還是貪圖未知挑戰，往哪方傾斜哪邊就贏了。

很多在生活中進行斷捨離的朋友說，剔除不必要的物質需求，連精神也會一併被淨化了。這幾年，我的確強烈感受到世界上根本不存在最理想的旅行，捨得斷除所有堅持，任何他方與想像中的美好便近在咫尺。

或許，對我和 J 來說，展開地圖，規劃好景點機票食宿，所有的一切彷彿提前結束了。每一次的旅行，通常都是這樣開始哪。

雪的可能

說到雪，身處亞熱帶的人莫不曾為雪痴狂。

對我而言，明知山有雪偏向雪山行，有點太刻意，好像早就預知在雪國泡著露天溫泉喝清酒望著雪花紛紛落，美則美矣，落到水面皆成空……特別為了雪，挑戰耐寒極限，戴上雪鏡雪鞋拎著雪杖包裹成北極熊樣，搭纜車從高處躍下，將自己化做一道美麗弧線，在雪地裡留下我來我見我征服的痕跡。

就這樣嗎……回到島嶼的我，閉上旅行的眼睛，那場風花雪月伴隨熱帶氣候轉瞬消失無蹤了。

雪有各種可能，在旅途中，得有更多意料之外，可讓人日後念念不忘必有迴響啊。

旅次遇雪，若是偶然而非必然，無以名狀的喜悅，絕對可深入海馬迴深層記憶之光，雖然後來發現，那雪，可能是美與死亡，兩項絕對事物的兩端。

先說美，嫣然一現的雪，初始，我也這般理解。可望不可及的雪，遠在天邊靄靄雪脈，可遠觀不可褻玩的漫天潔白，總再三魅惑旅人心智，即使只有幾天假，一到北海道小樽誰不會想起電影《情書》白茫茫的場景，中山美穗仰頭朝著天空大喊——お元気ですか。

昔日家族旅行初次造訪日本，那雪，骨子裡仍有種熱情，幻化各種形狀猛擊亞熱帶的心眼，觀看雪花一片片慢速旋轉落在掌心真是六角形，被結實的雪球砸中真的會瘀青。

亞洲的雪實在讓人無法生出厭惡之心，關於寒冷的感觸大多也被摸到蓬蓬飛雪的新鮮感所覆蓋，三四小時飛行後我們輕易獲得雪的可能。

想到那場乍暖還寒的雪，是幾年前在義大利。有天吃完晚餐走出餐館，如飛羽或蒲公英種籽輕巧地落在衣領和袖口，一兩秒後方回過神來，是雪哪！我小小的驚呼瞬時淹沒於整條街的叫嚷裡，不分老少男女臉上寫著歡愉的表情，因為羅馬已二十五年不曾在冬末春初降雪。

有白色鴉片之稱的雪果真不是浪得虛名，緊接數日，當地人冷不防就丟雪球歡呼，車頂積雪也悉數掃下堆小雪人，我們不免萌生身處合歡山的錯覺。後轉戰威尼斯得一晴天，大家尚沉浸於貢多雷船夫渾然雄厚歌聲，返回佛羅倫斯又飄起雪花，前日積累的大雪讓翡冷翠頓時成為銀白世界。

羅馬競技場因積雪關閉，航班停飛，不諳雪地行走的旅伴紛紛化為跌溝的保齡球瓶，只得腿腳痠疼繼續躲避透明冰地。若遺忘舉步盡是考驗，羅馬那幾日都是朗朗晴天，氣溫零度至五度，蔚藍天空古老建築，隨拍隨美。

後來，或許遇雪次數增多，發現雪可是比雨和烈日還要麻煩的東西，我開始萌生旅行的雪真是無用之物，簡直是來找旅人麻煩的專業戶。

有回在中國新疆公路，那是以雨夾雪加小冰雹展開的一天，三種自然界流星雨一樣的小型炸彈同時攻擊，整輛巴士像是巨大音箱無處不共鳴，耳畔沿途隆隆作響。

巴士行至三千公尺高時，旅伴大喊，前面是昨晚的降雪嗎？半個人高度了。旅行最恐懼氣溫驟降，車外大約零度，大家根本不曾預備防寒措施，我套上隨身行李所有衣物，匆匆奔到公路邊上拍張照片便抱頭衝回車上。長途拉車通常我們會在樹林或岩石後如廁，再次鼓起勇氣戴上兩頂帽子又衝下車解放，當時人人夾著臀部冷颼颼，完畢之後癱軟成混沌雪泥的我，拖著兩行鼻涕和僵硬的腿蹣跚爬回巴士，喝口熱水才回過神。

穿過縣境，公路兩旁一望無涯的毛茸茸素白地毯，此時成了覆蓋我森冷心情的安魂被，走吧走吧，快下山去，此地不宜久留，別再貪戀這場意外雪景。

之後見識到美洲的雪，發現伊利諾州的雪乍看溫柔，卻讓我們在高速公路上模糊了車道線原地打轉兩三圈，直至駛進邊坡草地車輛方才停歇，當人生走馬燈倏倏於眼前播放，眼前飛舞的白雪彷如死亡訊息。

租車時忝為副駕的我，心下倏地收緊，幸好是沉穩的 J 掌管方向盤，無法想像若是由我駕駛該有多驚惶。不知在邊坡遲疑多久，J 才顫顫巍巍將車徐徐轉回主線道，車行不過十幾公尺，卻見前方十幾輛車撞成一團。

雪白雪白的長路，在我們眼前展開的不再是初到異國的歡愉，而是在未知的時間裡未知的未知，如何能抵達下一站的忐忑。

後來到了芝加哥，那裡的雪倒是慢條斯理地落，無聲無息，日日是沁入骨髓的冷，紐約的雪則不論何時都是髒的，尤其是布魯克林區總堆著灰黑殘雪，不化也不融地冷眼看著路人的腳步。

三年前也曾遇見童話故事般的雪，那是我和 J 與其他旅伴到阿拉斯加自駕追逐極光。

「極光是地球周圍的一種大規模放電的過程。來自太陽的帶電粒子到達地球附近，地球磁場迫使其中一部分沿著磁場線集中到南北兩極。當他們進入極地的高層大氣（>80km）時，與大氣中的原子和分子碰撞並激發，能量釋放產生的光芒形成圍繞著磁極的大圓圈，即極光。」

此生若非心嚮往一窺極光之奧，我肯定不會燒腦將維基百科上列的極光原理和形成研究一番。從臺北飛西雅圖再飛阿拉斯加，排隊等辦租車，緊接著和旅伴熟悉車況和交通規則，當晚車隊即出發去空曠處感受溫度，沒有預期的冷，星辰也零落。

雖已選定一年之中超過兩百天極光現象的Fairbanks，極光當然也非那麼好商量隨便現身，自然現象最讓人敬畏的正是人力不能左右，那麼，即刻開始面對廣漠的阿拉斯加大地許願，可不要讓我們無功而返哪。

當地白天氣溫為較暖約零度，夜晚常降至負二十度左右，在阿拉斯加感受極地大冰庫，人類的極限，就是到底要怎麼穿才能慢一點凍成冰棒。

那十天，彷彿重啟童年紙娃娃遊戲，我沉醉於如何穿脫組合不同衣物，上

阿拉斯加雪地裡的小王子雪橇犬。

身四件下身三件，薄厚襪加上登山鞋，還得將攜帶有限的暖暖包發揮最大值功能，不同以往的旅行模式，處處新奇有趣。

行程大多是白天去超市採買自炊，晚上出門守候極光，日日與雪相望，心情指數可謂開高走低。第一天隨便路邊幾個雪堆都能挑動腎上腺，你尖叫捧雪球互砸，我回敬你個雪裡鷂子翻身，接下來的雪，踩著踩著成為生活。

每天看雪，倒是讓我感受到昨日那張白紙盡管布滿岐出或髒污的痕跡，早晨，推開窗，無聲雪花，勤勉一夜，今天又是全新潔白、充滿未知的一天。

極光現身之日，自然也是未知的驚喜，那天照例跟隨車隊來到湖邊，滿天星與下弦月高掛天際，感覺雲層挺厚重，腳底埋著深雪和沁入四肢百骸的寒冷，幾乎想放棄時，再堅持守候一下居然就看到極光了！天際一抹綠色與粉紅交錯而置的光芒，彷彿加上土耳其藍與蜜桃色濾鏡，濛濛地，暗自在黑夜說話的光線，或許我們不懂這從幾萬光年傳達至此的密語，已覺此生無憾。

佇立於湖畔的Ｊ如如不動的背影，不停地調整相機的光圈，感覺他和相機腳架已生根於雪地似地，那一瞬，誰還記得冷是什麼，凍結的時間讓我們遺忘了一切。

自駕追逐極光那十天，除了每晚守候極光降臨，各種雪地活動也讓來自亞熱帶的我們大呼過癮，搭巴士勇闖北極圈、觀察阿拉斯加大油管、暢遊夜間冰雕公園……其中最令我難忘的是體驗運輸犬哈士奇拉雪橇。

那天下午，我們和旅伴分成三小隊出發，駕駛雪橇的年輕BOSS特別知會我們這小隊，安德森可是初次上路。牠是非常可愛的哈士奇犬，迷惘的歪頭看人的表情逗趣極了。一開始安德森加入時，其他狗狗狂吠牠，牠感到自己被排擠也刻意側身與同排狗狗保持一隻狗的距離。八隻狗頓時拉著雪橇跑起來了，從我的角度看安德森，牠身體幾乎是騰空，被其他同伴拉著跑。

在大雪紛飛中我們繞過松林鑽入小徑，休息了三次，訓練師不停鼓勵安德森，Good boy, Good job. 第二次休息後，訓練師往安德森屁屁一拍，牠已經像是余華筆下十八歲出門遠行那匹小馬，揚著狗尾巴歡快奔馳起來，呼吸節奏與同伴們幾乎一致。訓練師沿途遇見幾位工作夥伴，立即大喊，你們看——今天是安德森的第一次啊！牠太棒了！

在阿拉斯加，我的眼睛像被打開亞熱帶人的隱藏裝置，彩色世界變黑白默片，雪國大地有雪橇犬，沿途還有數不盡白楊樹和黑松，偶爾會出現麋鹿，有次看到遙遠的白楊樹叢中有一隻鹿，不自覺在零下十幾度，眼淚鼻涕直下，仍搖下車窗盡力眺望白茫茫深處黑點，我深信那是長著樹枝的傢伙。

回家以後，不只一次，我總想起同樣的雪，從天而降，臨到地表，不曾思索那是極地、峰巒、稜線，或是一座荷蘭人航行亞洲發現的海島，噢，福爾摩沙！譬如那年冬季，這也不需要至遠方旅行便能知道的事，島的北方，忽逢雪花婉轉滑落，亞熱帶的人們從此懂得，雪總有的可能。

從這島眺望那島

春寒還在南竿逗留，我也還在這裡，聽著海的心跳入眠，天方破曉，浪濤又來拍岸喚我，在這裡，海的聲音是此地的節奏。

初次應馬祖藝文協會邀請前來南竿分享文學創作課程，我提前抵達又顧自延長在離島的日子，不急著被時間追趕，也不急著追趕時間，在這裡，好像必須學會這樣生活。

旅記做為暫時的停留，有如晴朗海面波光粼粼，偶爾遮住深入凝視的目光，然而小島日子連夜間燈火都顯得流離迷幻。

晨起，從海邊的房間眺望薄霧瀰漫的海，不見海天界線，彼方的陸地彷彿隔著一層濾鏡，不確定的形狀定格在海那邊。

一連數日，待在牛角澳口的海老屋，在這裡我們談論創作，天之涯海之角，看見的是喜愛文學的眼睛，間歇拍擊沙灘的浪潮，傳達了熱切不變親近書寫渴切的呼喚。

霧中之海，仍然彈奏音樂。若要問我馬祖最讓我留戀的是什麼，那是海。

浪花拍岸聲中，城市喧囂皆不算數，書寫的聲音重新改寫，屬於此地此景不可言喻的美，指間敲擊的不是鍵盤，有時還有風沙沙而來。霧悄悄經過，海一直等著靠近腳踝，海水漫上裸露小腿，留下細沙，攀附其上猶如結繩紋理，想起二十幾年前，我來過此地。

馬祖於我，是J的家鄉，我卻因為工作和懼怕搭船暈眩總是抗拒回返這島，記憶儲存的是冬季凜冽冷風，我虛弱彎折身軀，倒臥在搖晃船隻的懷抱，幾近要掏空所有。

新婚不久，我曾與J從基隆搭乘軍艦夜晚啟航，船至南竿已是白日，穿過薄霧望見狹長島嶼上方「枕戈待旦」四個大字，想像隨之戳印戰地氛圍。寒風刺骨，鎮日暈眩，僅留下牛角山隴街上少許印象，那是陪著與婆婆形貌相似的小阿姨在縣政府旁的菜園拔菜翻土，聽不懂福州話，吃不慣佛手、蠑螺、海鋼盔，還有白帶魚和蘿蔔片煮湯，拳頭大的福州魚丸，黏稠魚麵……鮮美海味，我只能淺嚐無法盡興。

這些原本害怕的食物，作為馬祖媳婦，時間會告訴我答案。二十幾年來，我的胃已全然被馴養，甚至能略懂福州話，這大概是我願意再次重返馬祖的時機。

三年前初秋，親友十餘人浩蕩同行，造訪南北竿、東引、東西莒、大坵，雖說不可能將馬祖諸小島盡數踏查，竟是二十幾年來我最為完整的馬祖旅記了。

搭乘臺馬之星，在輕霧繚繞的清晨抵達東引中柱港，沿著島上曲折石階爬至東湧燈塔，一旁的礁岩滿布叢叢黃色海桐花，還有抓緊石壁綻放風姿的紅花石蒜。當我們與十八世紀矗立至今的燈塔，一起站在國之北疆，面向廣闊大海，我想像著百年燈塔日日於夜晚兀自轉動目光，指引漁船平安返航，忽然懂得個人的寂寞孤單實在不值一哂啊。

在東莒海邊，大家圍在涼亭觀看落日，捨不得眨眼的橘紅漸層，一邊是山，一面是海，我們能在地圖上永恆打卡的從來不是地名，而是這一瞬留存的光線，將我們的衣裙染成相同色澤。微風吹掠臉頰，海味的空氣，我望著J黧黑的手緊握著腳架，我鼻尖有細小的汗珠，快門留下的是一張張屬於馬祖的海。

去年春初再次來到馬祖，也不只是待在牛角，西尾、鐵堡、津沙，沿著海潮聲響徐徐前進，高低曲折的海岸線總是溫柔地懷抱著海，好天氣常於海面留言，在每個制高據點收取波浪湧動的訊息。

馬祖南竿小島的藍色花邊—藍眼淚。

南風吹起那天，又搭船去北竿，北竿遠山籠罩半霧，一路由當地文史工作者導覽后沃橋仔村，由芹壁遠望龜島。龜島彷如芹壁身邊遺落的一只鞋，等著誰來穿呢？

午後時分，水氣濃郁，霧中的海，海天一色，整座小島像鋪上描圖紙，石頭屋的輪廓，從這島眺望那島，一路走來，都是歲月喟嘆。

換到南竿牛角海邊的房間寫稿，風景太勾人，寫不出來時，轉頭望向右側長窗，再過去一點點還是海，瀰漫霧靄的海平面鑲嵌著波浪狀的小島，那是北竿。如此相近的兩座小島，不由讓人浮想連翩，沙灘始終有遠方推送而來的漂流木、漁網、破碎浮球，潮起潮落，弄亂的心思，一個日夜後又恢復了平整。

白天的海，夜晚的海，各有姿態。南風吹拂，關注馬祖資訊網的淚況，追淚人分享在大漢據點和鐵堡有大量藍眼淚，春寒料峭，守著相機腳架，包裹風衣圍巾，鵠立於夜的海邊，專注凝視澎湃敲擊在岩壁上的藍色淚海，像是多情總為無情傷的癡心男女，誰也不想移動腳步。

藍眼淚爆量，大多是南風吹起、溫度驟降的霧中風景，此時飛機很難目視進場，看得到藍眼淚通常就要有被關島流淚的準備了。明天，或許又是飛機無法啟航的天氣。

短居離島的我，霧來時，方能理解從這島眺望那島，離開和回返，心中百轉千迴的波動。

來馬祖，的確要攜帶隨遇而安的心，安靜的是海，機動的是心情。

南竿機場持續關場，我已訂好隔天返回基隆的船票。此時，在海邊的房間聽到沙灘傳來旅人尖叫著星砂爆量，原本躺在床上讀小說的我，重新整束行裝，又來到牛角沙灘，一探這夜的海，或者，明天此時我已回到悶熱盆地，有些說不清的滋味湧上胸臆。

夜晚，海浪緩緩伸出柔軟的手，撫摸此方沙灘，送來遠方的禮物，漂流木、浮石、破碎魚網，還有海洋無法吞嚥的人為廢棄物。

前幾日島上駐軍才來淨灘，沙灘又恢復成平整畫布，當時幾位背包客走過，驚嘆牛角村幾處保存完整的石頭屋和海天景致。旅人並不清楚，時間在這裡移動的軌跡，他們只是裁切美好的畫面儲存記憶，我也曾是這樣的旅者，盡是記取蜻蜓點水短暫停駐的這面海。

這兩年，有機會再訪馬祖，心裡轉動的時間終於與此地呼吸調整為同一時區，也終於理解為什麼我喜歡此地。

每次來南竿，習慣住在姊姊承接公公原木老房的「海老屋」，時間將一棟超過六十年的房舍寫滿故事。看著J拆卸老房木門旋下的鐵製螺釘充滿鏽痕，海風，濕氣，緩慢地侵蝕著梁柱屋瓦，歷經歲修的老房子，每回都是曾經滄海一美人，也像小島居民特有的堅毅，滿布風霜卻顯得活力。

或許，這不是我的成長之地，鄉愁很容易隨海風逸散。或許，返回的不是滋養自己的土地，整個小島的語言是福州話，在這裡我經常需要有人幫我翻譯，但這裡有海，已足夠千言萬語。

我成長的南方港都也同樣被海環繞，呼吸中同樣浮盪海的氣味，這樣的海和那樣的海差異是什麼呢？

老房子旁邊走幾步路便是沙灘，不遠處的海像母親，須臾遠離又靠近，始終在陸地的門楣來回踱步。一次又一次，不厭倦地伸出雙手圈住再次歸返的旅人。或者，人們喜歡看海，是因為海從無分別的愛吧。

離別之前，高漲的潮汐再次為沙灘送上點點星砂，為旅程留下美麗記號，夜灘，也靜靜的，吹奏出藍色花邊，為我們送行。

他的邊境我的近境

1

抵達邊境這天，已是旅程中段，我們來到呼倫貝爾。

尚未見識草原風光的前一日，拉車路途上下左右顛簸跳躍，最高段的整脊SPA且伴隨速度感的體驗，也只有來到內蒙才能跟別人說嘴，真的是五臟六腑絕無遺漏提升一點點，再好好的還給你呢。

當地旅行社深知此地路況惡劣不願配給更好的車輛，也是人之常情，我是挺能享受懸空背脊和硬梆梆座椅分道而馳五六個小時的快感，大概像是不同引力的星球走不到同一軌道。我一直在巴士裡漂浮。這天，還好有窗外永無止盡整整齊齊的白樺樹，擦身而過時，它們始終手拉手肩並肩不忘大喊加油，再堅持一下，就快到了噢——

好不容易抵達夜宿點，邊境竟然矗立著城堡般的歐式旅店，說它媚俗也不好，大約是失去荒漠淒涼感，至少今晚免去寢食難安之憂。

蒙古漢子導遊說，此地晚間八點有篝火和俄羅斯歌舞喔，尚有體力記得來玩玩。抱持著今日手腳沒運動乳酸不堆積心情就鬱悶的動機，一行人嘻嘻鬧鬧前往廣場。果然有篝火也有歌舞，其餘很空虛，虛應故事的表演，至少確定果然是個媚俗的旅店。

意興闌珊的空氣，讓夜更冷了一些。高大的漢子導遊熱忱地想帶動氣氛，抱著幾罐俄羅斯啤酒吆喝大家就著火堆一起暢飲，空氣冷，夜風涼，酒有一搭沒一搭喝著。一行人悄悄散了半數，餘下五人，眼見啤酒還有兩瓶，這晚嗜酒之徒全都沒來，我想起念書時的懲罰遊戲，提議來玩數支數支吧。

數支，數支，最多五支……

不知玩了多少輪數支，酒越喝越歡，漢子導遊說真沒玩過這種遊戲，他望著桌前攤開的手指，眼睛在笑，他說在我們草原啊東西只有不夠吃，沒見過吃不完還要拜託大家吃咧。

後來，每次桌上菜餚不光盤，我們就開始數支，數支，最多五支……

爾後數日，我們不再吃過飯便匆匆散去，停留在餐桌的時間，填充了許多笑鬧的回憶。這不是懲罰，而是取悅自己的遊戲。

長途旅行缺乏毅力是不行的，如何讓異地時間不空轉，只能隨時隨地尋開心。

2

東北行程一路進食不少小雞燉蘑菇、洋蔥炒豬肉、紅燒豆腐，也有一些特色野菜，不過心裡始終納悶，電影《後來的我們》主角在雪地裡捧食的「黏豆包」究竟是什麼滋味呢？

電影裡的愛情故事總是太典型，錯過也典型，以致後來的重逢也典型。但我仍沉醉於男女主角每至年節翻山越嶺趕回東北的景致，灰濛濛的邊境與電影畫面並無二致，沿路亦是唰唰唰筆直筆直的白樺樹，我心心念念的惟有「黏豆包」，那才是故事之外最吸引我的風景。

旅次輾轉，每換一地用餐我不忘詢問老闆若有「黏豆包」能不端上桌？他露出困惑不解的表情，原來這道甜點為兼顧新鮮度和口感須現做，通常是過年的應景糕點，我的要求顯得不合時宜。

不甘心不放棄地問到第三家餐館，終於！廚師願意當場料理，大約半小時，香氣蒸騰的黏豆包一上桌，連盛放黏豆包的砝瑯缺角盤子都很接地氣呢。旅伴們感染了口慾的想望，躍躍欲試逐一用筷子夾起，嗯……糯米糰的延展性可拉長一公尺，口感是更黏一點的麻糬，糯米自然芳香中和了白豆沙內餡的甜膩，也可沾細糖粉入口。大家吸吮著指尖，延伸唇齒最後纏綿，可惜，每人只能吃一個，J意猶未盡的說。

那天過後，後來的我們，就再也吃不到黏豆包了。

這回遠赴內蒙草原，在他們的邊境彷彿是我們的近境，終於如願以償在夏天嚐過冬日苦寒之地的氣味。進食別人的鄉愁，才發覺家鄉的水土，食物，鄰人的對話，都是會黏人的。

不知為何，又忽然懂得了《後來的我們》始終留在家鄉不曾離開的父親，守著爐火的心思。

註：（以下摘自維基百科）黏豆包是一種源於滿洲的食品。滿洲人傳統上喜歡黏性的食品，有利於在寒冷的天氣裡長時間地進行戶外活動，如狩獵等。在中國東北地區非常的普遍。黏豆包一般是在冬季開始的時候製作，然後放入戶外的缸中保存過冬。

3

從哈爾濱到漠河之後，窗外已是全然不同的景片，這裡是受貝加爾湖和太平洋冷氣流衝擊的，雨說來就來。

觀看兩小時的雨，在玻璃上作畫，抽象或寫意都自在，前提是我們在車裡，這樣的雨是貼心的風情。旅行的好運氣總是眷顧著，只要中途休息帶上傘，雨就離開。

前晚住在呼倫貝爾的根河市，據說是全中國極冷之地，供暖時間是八月至隔年五月中，我們是在短暫的夏天來到。

昨天除卻休息站落地，整日皆在車上度過，抵達滿歸之前極目四顧盡是白樺樹和樟子松（我們叫落羽松），沿途路況極差，搭巴士卻一路體驗騎馬的節奏，也算苦中尋樂。

導遊說，我們其實已經走在大興安嶺深處了。此處冬天長達七個月以上，草原的無霜期有一百零四天，大興安嶺只有七十三天，所有植物都得在這兩個月的時間完成發芽成長茁壯，所以這裡的樹，剖開看它年輪，細如髮絲。

在林間景區經常可見芬多精標示牌，電子看板標示著溫度、濕度、含氧量等，冰冷的度數顯現樹木無可移動的禁錮感，最大值的數字是負離子，為我們換來每一口氧的絕對純淨。

觸目所及是大興安嶺丘陵連綿的草原。印象中，教科書所讀到的大興安嶺原以為是崇山峻嶺，沒想到是一片平緩丘陵，導遊說此處經常遭逢野火燒毀不少植被，近年正積極造林，筆直筆直的往天空延伸的樹，漫步在林間呼與吸之間，彷彿也感受到它們努力克服惡劣氣候爭取長高的志氣。

上千棵紅松，高大挺拔，散布於大興安嶺林間或長白山天池的樹與葉，在我眼中，不就是高矮胖瘦之分，只嘆自己植物知識淺薄啊。

導遊說，位處內蒙的大興安嶺，一望無垠的茂密森林可是有四百多種野生動物，無論是棕熊、狐狸和梅花鹿……拜託牠們好好地於森林深處隱匿的生活，我不想看見他們，也不想他們被貪婪之人看見。

不過，偶然在森林步道旁與兩三隻肥胖花栗鼠不期而遇，捧著葵瓜子專注啃食的神情真是讀上千遍也不厭倦，也發現鑽到花心裡採蜜的碩大熊蜂，還有在自然傾倒的橫木邊緣疾走的昆蟲，這些都足以讓動物控痠痛的腿及時補充輕快的心情哪。

4

東北行程走到伊春的小興安嶺，主要看點是保存完整的紅松樹原始森林，以及花崗岩石地質和烏松嶺濕地。

幅員遼闊的森林或溼地公園，自然景觀令人震撼自不待言，抵達黑龍江伊春湯旺河已是行程後段，長途拉車，睡眠不足，第十天的我只有說不出的疲憊。

這時應該有個什麼出乎意料的驚喜，才能消滅這種說不出的疲憊感，我默想，說不出是無以名狀的，想像中的驚喜也是無法言說的，一切只是想像。

幾個小時舟車勞頓，頗喜歡當晚歇腳的城堡型旅店，不是特別高檔，也不簡陋，可以好好休息的乾淨房間已足夠。連住兩晚會有家的錯覺。終於可以不用收拾行李，也能好好洗曬衣物，不過我輕忽此地濕度太高，有些衣襪後來還是得拎上車去風乾。

旅店周遭很空曠，主建築一旁架了網室，是旅店老闆栽種的木耳，其餘便是一片荒涼貧瘠的田地，遙遠他方綴有整排筆直林木。黃昏，晚霞，白樺樹，每一秒光線都在變化，我們在餐廳外的空地流連不去，人人猛按著快門，那遲來的晚餐就再遲一點也無所謂了。

在小鎮上隨意覓食，遲來的晚餐稱不上美味，填填肚腹足矣。回到旅店匆匆洗漱完畢，將洗好的衣物晾曬妥當，躺好躺滿通常距離隔天起床僅剩不到五六小時。睡前我習慣滑一下手機，房間網路還不錯，不必特意到大廳去抓 WIFI 訊號，忽然看到旅伴在 LINE 群組即時播報，旅店外熄了燈，有滿天星星，快來看！

原本已準備入睡的我們極有默契地從床上彈起，重新著裝。此時外頭可是十度以下低溫，我的大行李箱放在哈爾濱，來到伊春為求輕便只整了小登機箱，厚重衣物也沒帶來，為了夜空觀星，只好穿上兩件短袖 T 恤、兩件風衣外加圍脖口罩，渾身黑衣打扮的我只缺面具就是 V 怪客了。

我和 J 躡手躡腳帶著相機和腳架，穿過暗黑的酒店大廳時，晚間在爐火前飲酒歡笑的房客已然散去，僅剩餘燼閃爍著紅星點點。推開旅店厚重木門，一股刺骨寒風蒙上臉面，冷冽空氣中抬起頭，望向夜的天空，星星真的堆滿天空。

莽莽無垠的大地，彷彿誰潑灑的串串水滴傾倒在黑絲絨上，這裡那裡，爭相閃爍微光。我在 J 身邊瑟瑟發抖，他還要再試幾個角度拍攝星空，我便不中用地迅速衝回房間。

躺在暖呼呼的床上，想起前年到馬祖東引島上那晚，當地熱情的朋友神秘兮兮的跟我們說有個私房景點一定要去，一行人浩浩蕩蕩開了兩台車，經過白天拜訪東引燈塔的另一條路，繞到路後頭還是一片遼闊大海。在馬祖經常這樣，怎麼走都會遇見一片海。繞道燈塔後頭的山路，沒有燈塔和山居人家的燈火，舉目所及，滿天星光，甚至肉眼可辨認出銀河和北斗七星。每個人都捨不得閉上眼睛，窮盡所有視力掃描著海天一色上鑲嵌的星子，伸出手去抓，原地轉圈環繞著星空記憶這一瞬……

在伊春星星堆滿天的這個夜晚，有些像在東引島上繁星覆蓋的天幕，這是無法掌握亦不在計畫中的行程，或許就是說不出且無以名狀的，想像中的驚喜，讓我一次又一次的旅行到他方。

5

很多朋友認為我熱愛旅行，其實是大誤解，身為不夠愛家的巨蟹座我也厭惡出門，但旅行是拋棄舒適圈最直接的方式，或者我一次次的移動到他方，可以說是用來訓練自己遠離安逸的手段。

村上春樹曾說，「不管任何旅行，或多或少，都有類似中心主題般的東西」，小說家還說譬如前往日本四國要狂吃烏龍麵撐死也沒關係，到義大利托斯卡尼要把「可能改變人生觀的大量葡萄酒送進胃袋」……

真的需要這種具有某種目的性的旅行嗎？

以前我不太懂得村上桑的境界，近幾年J開始有計畫前往各地旅行，我好像沒有生出需要主題的思想，或者，跟著J去哪都好就是一種旅行思想，不只是我，我們有一群朋友都倚賴著J展開旅程。

什麼都不想，不想讀資料不想看地圖，全部和計畫相關的事項都不想，我只想時間一到，將自己和行李箱推出家門。每一次，怠惰的我總在飛機上研究行程表，每一天才會感到無比新鮮。

盲目旅行是我最大值的想望。當然前提是J必須扛住所有蒐羅資訊研究行程的部分。

我特別喜愛歐亞邊境，尚未去土耳其之前，J詢問我要不要花幾年時間，將中國邊境地圖完整的連接起來？

恍然明白這不是村上桑所言的中心主題嗎？原來我們已慢慢前進了。

走過東北的內蒙，不到兩個月又到北疆，亦是為了補足邊境版圖。兩年前從絲路至南疆，加上這回五千多公里長征，終於湊齊南北疆輪廓。

不過，這次近境與邊境的移動和以往略有不同，兩個月之前我可能還堪稱健康又懶惰的旅行者，兩個月後，卻得擁有另一種看風景的視角。

由於身體檢查出了狀況臨時決定開刀，兩個月後傷口雖已痊癒，但無法言說的內心或許永遠有一個部分不再完整。譬如走路調息就是件值得好好面對的動作，在內蒙呼倫貝爾草原策馬奔騰的我，在北疆是乖巧懂事的小貓。

沿途絕不快走或攀爬高處提重物，需要登頂俯瞰的山河大景自動留守原地，得知需步行三公里方能抵達幽謐山中湖灣第一個跳出來說我放棄，還有提前跳過某個崎嶇景點獨自搭接駁車至出口，窮極無聊在毫無網路的冷風中枯守兩小

東北內蒙呼倫貝爾大草原。

時等待其他旅伴……

我又成為了旅行的新生，我還有自己可以作伴。

說不清這十幾天有多少落寞哀愁的情緒暗自蔓延，直到在可可托海地質公園，遇見哈薩克人率領回返冬季牧場的大批牛羊馬駱駝隊伍，浩浩蕩蕩長達一年的遷徙，途中有大腹便便的牛隻身邊隨從著小牛犢，亦有小羊羔貼著母羊亦步亦趨……

天地蒼茫，馬蹄蕭蕭風沙滾滾，我忽然懂得個人的悲傷春秋不值一哂。

這一年裡，逐水草而居的漫長移動中，牠們繁衍新生並同時見識過死神的衣袖輕輕拂過，四季遞嬗水草豐美枯榮早就是哈薩克人的生命之詩，牠們一個個緊挨著，即是彼此達達的馬蹄。

在他們的邊境，看似錯過了一些此生再也不可能回訪的景致，卻在我的近境，一點點修補了身體的空洞，以及作為偶然的旅人毋須執著的經歷。這也是一種唯有自己才懂得的旅行意義吧。

遠方的果實

1

旅行時總有一張饞嘴。

當季盛產的水果在街肆招手，管控不住肚腹已八分飽仍會挪挪邊角，讓遠方的果實得以棲身。

一顆橘紅大石榴勾動了食慾，從超市一路拎回住處，我知道自己若不擁有它，肯定徹夜難眠想像究竟是何滋味。從未嚐過石榴的我，先取一瓷盤將果實立於其上，支解果實宛如打開禮物，剝開外皮瞬間，一股酸甜氣味徐徐擴散，緊接著翻出分為六個裂片的內裡，密密麻麻的小種籽像是長久低調藺居於此，而我打破了如此的寧靜。

鮮紅色澤的小種籽，彷彿淚滴，填滿我的視線——

接下來該怎麼吃呢？

拈起一小顆石榴籽，仔細端詳，放進嘴裡，細膩感受每個種籽於舌間綻放後，宛如焰火燃燒周身，甜的，迅速擴散，消失，吐出蒼白。

只能重複讚嘆，這晶瑩美麗的果實，像停駐於女人手指的小石頭，可以偶爾討一下歡心。

寶石一樣的石榴，讓旅途的早秋提前甜蜜。

2

有種書平日不得輕易翻閱，特別是夜半飢腸轆轆，這兩天興致盎然讀著《百年早餐史》，總在不對的時候。

倘若撐過長夜，對照書中所述料理一桌早餐或可得到些許慰藉，不過，冰箱裡乾癟的食材，想要濫竽充數卻欺瞞不了曾被點燃慾望的味蕾，我的胃口早已不是昨日的胃口了。

看看我家的早餐，自製的麵包採用日本麵粉，麵糰和有少許鹽花是從玻利維亞烏尤尼鹽沼地帶回，生菜則是自家栽種的萵苣，咖啡豆來自巴西或哥倫比亞，的確符合《百年早餐史》提到「早餐地圖就是一張世界地圖」。

此書第一話提到巴爾札克在《人間喜劇》開篇以一頓巴黎咖啡館早餐突顯兩位主角的差異……這讓我想到至中國旅行，煎餅果子是天津人的早餐，蘭州拉麵是蘭州人的早餐，烤小油饢和羊肉湯是新疆人的早餐……一方水土養一方人，由早餐見微知著也別有旅行況味。

又，從早餐的話題延伸，想到一則旅行花絮。

我們一早碰面通常會問對方「吃飽了嗎？」

這樣問候四川人可是不行的，他們會解讀為，你是說我「吃飽了撐著沒事幹嗎？」

有一天，我連續問候開車的師傅兩回，吃飽了嗎？

他終於忍不住指著站在一旁的當地導遊說，她吃最飽，飽到翻天了，妳問候她就好啦。

3

在土耳其的以弗所古城，登高望遠，雪白的大理石道路蜿蜒著主幹道，兩旁分布著市場、羅馬浴池、圖書館和露天劇場，民生所需一應俱全。導遊戲稱這可是希臘化時期的忠孝東路哪。

潮流時尚與建築遺跡的反差對比，我卻老是想到倘若草間彌生於此拿著一顆無花果，豪邁咬下的剎那——星星點點迸發的種籽與她衣著的圓點彼此團聚，共時性存在的片刻，或許比較接近神性。

或許，草間彌生壓根兒不喜歡此果，也有可能她從不聽從閒雜人等擺布，乖乖剝開一枚無花果，遑論是吃。

不過，想像這種共時性，站在古羅馬廢墟慢慢地吃完遠方的果實，不自覺聖靈充滿。旅伴撿拾而來的青色無花果，未成熟，仍然甜美的短暫時間，完成了屬於我的神性。

超市的無花果呢，軟弱無力，全部出局，一個都不行。

在土耳其以弗所
遺址，自然墜落
的無花果最美味。

4

有一年，在南京往夫子廟途中，初次嚐到桂花糕。竹籤串起的長條狀桂花糕，一顆顆糯米間有探出頭的桂花瓣，頂端蘸上蜂蜜一口咬下，又糯又香甜的口感，比想像中更為芳香……

不知這是否為琦君筆下的桂花糕？想起作家筆下的木樨，桂花如雨飄落，仰首站在樹下捧接落花繽紛，忽然從唾液裡緩緩分泌出一縷年少回憶。

唸二專夜間部時，白天在一家五金公司當小會計，中午會走長長的路抵達遙遠的清粥小菜吃午餐，一天的餐費只有百元預算，這是我所能找到最便宜的餐館。

固定點碗清粥加荷包蛋和青菜，如此午餐費約二十元，一週後，攢夠書款終於得以拐進清粥小菜隔壁書店，買本琦君散文。《三更有夢書當枕》、《煙愁》、《燈景舊情懷》、《青燈有味似兒時》……翻了再翻，讀罷復從第一頁再讀，摸到封面泛起毛邊。

晚間從學校返回住處，寫完功課，總會從不到三十本書的書架，隨意抽出琦君的書，睡前隨意讀幾篇散文竟是少女時代最富有的時光。

「桂花盛開的時候，不說香飄十里，至少前後十幾家鄰居，沒有不浸在桂花香裡的。桂花成熟時，就應當『搖』。搖下來的桂花，朵朵完整、新鮮。」琦君認為靜等花落地拾起，那香味比起搖落的差矣。

搖晃，手指離開樹幹的那一秒，花朵飄墜，同時香氣自花蕊掙脫，所有令人沉醉的花香盡在那一兩秒，躺臥於手心完成為花獻身最後的句點，僅是想像，幾乎感受到花魂些許。

臺北的住家中庭花園也植有幾株桂花，無處躲藏的香氣盡職的為桂花導航，我很快地從群樹之中辨識出花的方位，路過時總不可自抑偷偷搖晃它。

偶爾也拾起幾枚花瓣，兜在衣襬，回家放在玄關小碟。自然乾燥數日，不為吃糕，為聞香。出門返家瞬間，嗅聞花朵最後的氣息，以淡然幽渺的氣味為生活的反覆暫時借換。

在南京秦淮河旁，河水蕩漾夜色，咬一口桂花糕，時光倒轉，意外想起少女時代琦君書話和臺北桂花香，這也是吃情氾濫時最難忘的旅途滋味吧。

三千個瞬間

旅行和寫作，近十年來是我生活的全部。

如此夸言，朋友無不露出鄙夷或羨慕的口吻。鄙夷的是，日子怎能過得非黑即白像 OREO 餅乾般甜蜜，羨慕的還有，不是寫作就是旅行，不必被家庭和工作束縛……

眼見尚不一定為真，只有旅行和寫作便認為那是幸福，這是大誤讀。幸福的基礎是幸運，幸運的地基是可以有所選擇，有人將投資自己或是買房換車列為優先選擇，在我們家的順位就是旅行。為了想像中的旅行藍圖，每月提撥旅行預算，展開長程計劃，簡省開支，只為抵達夢想的未知之地。

時間都被寫作和旅行充滿，沒有想像浪漫或簡單，前者窮到極點，後者極端透支體力與金錢，如果你也願意，將物慾與不必要需求逐一剔除，人生，是可以簡約到幾項最想完成的事。

二〇一六年到美國自助二十幾天返家後大病一場，兩年後，決定對自己和J好一點，不自助也省得勞心勞力。網路上幾番尋覓，終於找到秘魯、智利、玻利維亞、阿根廷、巴西，加上復活節島，幾乎完美接近設定中的南美路線。

在人生下半場，若還有需要奮力一搏的賭局，在我們家唯有旅行一途。想做的事情，不需太多遲疑，解掉定存也要遠征南美，即使返家後需要整年縮衣節食也沒有太多猶豫，打包好行囊便出發了。

飛南美首先要克服的是密閉空間恐懼症。挨過第一段飛行到LA仍得轉機，不停被餵食和昏睡，兩段航班共經歷十九個小時終於抵達秘魯利馬，此時我居然浮現迷幻般的興奮。

利馬與臺灣時差十三小時，梳洗後躺臥異鄉，安睡三小時又得早起，或許即將展開南美大旅，絲毫不覺倦怠，還有種微妙的幸福感。

隔天搭船前往卡布蘭島，海面平靜無風，船行不久即見到海岸邊山坡上的燭台壁雕，那是兩千多年前的帕拉卡斯文明的見證。令人困惑的是，沙漠地質為何不會被沙所覆蓋，導遊猜測是南極上來的風，它剛好在背風面，得以保留歷史的痕跡。

在利馬短暫停留兩天，接下來祕魯最令人期待的納斯卡線即將登場。搭乘小飛機前，每人均要測量體重，再平均分配在前後艙位，平穩飛行半小時後，只見筆直的泛美公路將納斯卡沙漠切分成兩處，方圓百里看來杳無人煙，實在不敢置信此處隱藏著神祕的納斯卡文明。據說開闢公路時尚不知地畫存在，一九三九年美國科學家搭機自空中發現似有圖形的幾何線條，才揭開納斯卡的神秘面紗。

飛機在沙漠上方盤旋，時而忽左忽右傾斜，時而低空側飛，像是國慶方能目睹的花式表演，自高處俯瞰地面散落的各種動植物圖案，在小機艙被搖晃的我無法盡興，只得忍住即將湧出的午餐，左顧右盼還不夠，按下快門的瞬間，眼手恨不能更有默契啊。

旅伴們不停問蜘蛛停在哪？蜂鳥呢？哪裡有花和螺旋？天哪，那邊岩壁上的外星人好小一隻噢。我們飛過歷史的圖騰，穿過未知與已知，同樣如此渺小，彷如塵埃，超過八百多餘畫彷彿上帝之手在此打卡，有何指涉，至今仍是考古界的未解之謎。

揮別納斯卡線後，再搭機前往亞馬遜熱帶雨林，食衣住行皆與大自然同步，住進僅有三面牆的旅館，這是歡迎叢林動物們也來觀察人類作息的概念建築吧。巨大的蜻蜓和各種蛾類總停在蚊帳上，因溫室效應被破壞的雨林，為保護當地生態事先也被告知不能使用自己的清潔用品，並在有限時間內使用熱水與電。

夜裡從木頭縫隙鑽進冷風，同時也鑽進了雨林特有潮濕帶有霉味地泥土氣味，不過來到雨林一天，我快成為南美的巨嘴鳥，我的嘴一直保持驚訝狀態。

洗澡的時候，小氣窗外有幾隻不知名蟲子在將腐未腐的偌大葉片上爬行，只好告訴自己，這裡是亞馬遜出現什麼都不奇怪，迅速沖完水擦好身體爬上床，還不到十點，J 提醒我趕緊入睡，待會兒就要全面熄燈了。

在亞馬遜那三天，當地導遊提醒我們過夜最重要的事，絕對要將零食放進保險箱上好鎖，連公共餐廳提供給旅客食用的香蕉都有紗櫥加密保護。這裡的蚊子更是擁有南美的澎湃熱情，身為蚊子的捐血大戶，只要有空我都在補充防蚊藥品。噴的抹的吃的，將自己充滿化學與文明，在這原始蠻荒之地，就是一則難以存活的隱喻。

時而劃破寂靜尖銳的鳥鳴，住處外猴群叫囂，水豚君在屋外漫走，忽晴忽雨，整個人和隨身物品均勻的敷塗一層水氣，無一例外。

聽覺是自然杜比高級音響，視覺進行著森林系各種深淺不一的綠，嗅覺則混合了悶熱的風、潮濕土地和大量蒸騰的水分子。河面隨時會落雨，感官像是完成系統升級一般，我是花是樹是飛鳥，或者更接近動物的模樣。

三天兩夜的行程，我們不是在雨林移動就是在河面穿梭。發源自安地斯山，流經祕魯、玻利維亞，長度位居世界第二的亞馬遜河，經常望見遠方凝結大片烏雲，預告即將來臨的壞天氣，這裡可是熱帶雨林，水面下還有川流的食人魚，我在船邊忐忑縮回本欲撥水嬉耍的手指。

兩岸蓊鬱的叢林張開雙臂擁抱著寬闊河面，狹長的木製船舶猶如腎形的羊蹄甲葉片，我們面對面排排坐，準備迎接叢林體驗。

在這個全世界最大的雨林跟隨導遊步行尋找動物足跡時，穿著不合腳的橡膠雨鞋，舉步維艱，仰頭逡巡樹與樹的縫隙，不知名鳥類長啼鳴叫，高大樹冠遮蔽大部分的光，垂首專注注視地面或樹幹獸類留下的爪印足跡，又怕錯過棲息在樹上活潑的小動物們。

想起《百年孤寂》的老邦迪亞帶領村民離開馬康多時，馬奎斯這麼寫著，「他們無法回頭走，因為他們一路上走的是自己開的路，並且在走過之後，似乎在原地又長出新的植物來……」以觀光客的眼光來看，叢林裡的這棵樹和那棵樹，這隻鷹和那隻鷹，顏色和形狀只有微小差距，我們一路緊跟，唯恐漏失此生唯一。

雖然馬奎斯身處哥倫比亞南方也連接了亞馬遜，而我們探訪的是亞馬遜河祕魯段，小說中的老邦迪亞沿著河流找尋通往外界的新路線時，終究不曾離開馬康多，他無從得知這世界的確有太多不可知的事物，需要移動到遠方並且伸手指認，這是什麼，那是什麼。

我和J，探索雨林。

隔天一早，搭船沿河面最後逡巡，搖槳的船夫說在雨勢將來之前，要把握時間再看看那些美麗的鳥，牠們停佇在樹梢或河邊灌木叢，那麼遠，又那麼近，我們連呼吸都很輕，小心驚動那寧靜。

從亞馬遜返回庫斯科，再搭火車至熱水鎮準備登上馬丘比丘，抵達熱水鎮已是晚餐時分，此時下起滂沱大雨，不禁讓人擔憂如何在泥濘中登山。匆匆用過餐，拖著行李上下階梯左拐右彎心想果然山城無平路，找到入住樓層，梳洗過後，便是徹夜輾轉聽窗外雨聲淅瀝，將睡未睡。

所幸祕魯山神庇佑，隔日清晨天色一片晴朗，大夥一掃前日陰霾露出笑容準備前往馬丘比丘入口。

為保護神殿遺址，此處每日限定五百人登山，有四天或三天的行程選擇。當我遠眺印加古道上氣喘吁吁的各國登山客，實在萬分佩服，我們在此只停留兩天，年近半百的觀光客我還有膝蓋舊傷，乖乖搭著接駁車前進馬丘比丘入口實為上策。

從太陽門進入古城，會經過印加城堡和有梯田覆蓋的農業區，再到保留給貴族和牧師居住的帝國區，接著是一個巨大天井，最後抵達當時多數居民落戶的城市區……神殿、廣場、田園，甚至還有灌溉溝渠，在接近天空的地方安居，難怪古印加帝國的子民具有特殊的藝術感知，創造出匪夷所思的源遠文明。

我們一面嘖嘖稱奇大石塊如何切割，又是如何運送到海拔兩千四百公尺的高原，一面沉醉於雲霧繚繞橫看山峰側成嶺的層疊山巒，歪著頭側成九十度觀看山峰真的神似人像側臉呢。只見那頭奔來可愛的野生羊駝，牠們自在嚼著山城青草，揚著蹄子沿著我們走過的石階和草坪，將這一瞬踩踏進歷史的洪流。

走完馬丘比丘，步履略停加上喘息時間，全程兩個半小時。旅行需要祈求

南美馬丘比丘上時光暫停。

好天氣更需要好運氣，據聞昨日下午有大土石滑落鐵軌，車班延誤約三小時，昨晚車站塞滿誤班旅客，順利搭上火車回到庫斯科已是晚間十點。此時才走完一半行程，感覺體力已耗盡，但想到即將探訪天空之鏡，精神又為之一振。

接下來的玻利維亞是南美行的重點之鑰，必須在當地辦理簽證是決定放棄自助的關鍵，長途長時旅行就是操人不已也要無怨無悔，只求不虛此行，在普諾等待一天後，終於順利辦到簽證。

順遂之後必有考驗等在後頭桀桀怪笑，這是莫非定律告訴我的道理。

出發到烏尤尼前一晚才得知我和幾個旅伴的機位臨時被拉掉，致使凌晨四點得趕早班飛機，只好短暫和J分開單飛。幸運的是，從黎明乍現的高空俯瞰巨大的「天空之鏡」（世界最大的鹽沼地）折射的層層光線實在讓人讚嘆不已。

旅行大神又再度賞賜了晴朗好天氣，禍兮福所倚原來就是如此。一到烏尤尼機場，地勤帶著微笑拉來我的小行李箱，原來它跛了腳，掉了個輪子，衰事總會結伴而來，這亦是福兮禍所伏。不過這消滅不了我的好心情，行李箱早就齒牙動搖，正準備換掉它，掉了輪子也是剛好而已。

摸黑趕早直到下午兩三點才吃到冷掉的午餐，雞肉和馬鈴薯都太生硬，但這一切都因為「天空之鏡」而翻轉了！玻利維亞的烏尤尼擁有世界最大的鹽沼湖，雨季時蓄積到腳踝的雨水猶如巨大複寫紙，在湖面放置什麼就一模一樣忠實複製著，唯有雲影變化姿態。

同行旅伴事先穿著鮮豔的外套，我們趁著這頭還有藍天成了雪白鹽湖滾落的五彩糖果，輕輕的不驚起水紋蕩漾，停在一個天真的樣子，踮起腳尖獨舞或假裝奔跑的剎那，天空這面大鏡子也應允我們同樣的天真。

世界上怎麼會有如此美妙的雲端，讓每個人都自動上傳逗趣可愛的一面，亦不怕被彼此笑話搔首弄姿。不到兩小時光景，方才朗朗晴空，看似沒有邊界無垠的大地，那頭黑壓壓的烏雲累積著陰謀，如霧亦如電，彷如夢幻泡影，頃刻將以一場雨送我們離開此地。

結束玻利維亞行程，又是冗長的拉車幾小時至拉巴斯接著飛到聖地牙哥，在南美的每一天，都是如此精算時間，再飛六小時，傍晚時分終於抵達遺世孤絕的復活節島。一下飛機，天哪，我收回孤絕二字，首先贈送的風景就是摩肩擦踵的滿滿的觀光客，在機場走到哪都會與全世界相遇。

不過，復活節島上的波利尼西亞原住民，可認為這裡是世界的中心呢。到了摩埃統治的地方，WIFI 就失去作用，我想那是摩埃散發的頻率波長強勢覆蓋了所有訊號的發射。全島約有六百座摩埃，島很小，精神卻很強大，看看站在海邊那排十五位摩埃，專注唯一迎接日升月落，站在那裡，很容易反省自己究竟內心有多麼嘈雜。

這次南美行旅，是我和 J 離家最久的一次，一個月的時間若是種下一顆種籽足以抽芽伸展長幾枚嫩葉。外表或許滄桑一點，內心卻充滿巨大變化，彷彿有些恐懼的東西被動搖了。

出門遠行，總讓我更加認識自己，之前盡情熬夜與揮霍放縱的，身體都會牢記並逐一回報給你。飛機巴士不耐久坐，步伐不再輕盈，每每落在隊伍後頭，日日只睡四小時，心情惡劣起床，看到令人驚豔的大山大水可愛的動物又遺忘勞頓奔波了。

下一次想要抵達的地方，在地圖上仍然標誌著未知。不過，不論跑得多遠，旅行之後發現最美的地方，原來就在飛機從西部海岸線切入，那山那海，最終是家的方向。

手機裡三千多個瞬間，智利百內國家公園雄奇的塔山、安地斯山脈快意奔躍的羊駝、卡拉法提冰河國家公園、伊瓜蘇大瀑布在不同國境趁勢而下的沸騰節奏等等。文字沒法抵達的，還有跨越國度之際分不清日夜曖昧的天色，大雨將至浮盪在空氣中的潮濕氣息，步行超越兩萬時流淌周身的汗水……

留影瞬間即是一念三千，即便匆匆，想起半百之年我曾願，此後給自己留下都是美好，即是落筆此刻了。

遠方的遠方

搭長途飛機時，偶爾無眠，想看不想看的電影，想聽不想聽的音樂，連兒童遊戲都點出來神情呆滯地玩過幾輪，帶來的書看完半本得簡省閱讀……機艙窘迫氛圍，忽而想到不久前閱讀卡夫卡短篇〈室內下大雨〉諸多描述。

此刻，我終於了解，超越現實的雨等同無計可施的挫敗感是怎麼回事。

小說提到：「這看上去是微不足道的小事……說不定我甚至也能忍受，我所不能忍受的僅僅是我的束手無策。」雨的意象連綿、滲透、變形扭曲著日常和未來，整個世界如常，主角卻嗅聞不到希望的氣味，只能看著不存在的雨不斷從腳踝蔓延上來。

困於 747 客機的我，輾轉難以成眠，甚至低聲咒罵自己何苦去旅行，不斷從腳踝蔓延上來的無力感如同小說裡的雨。

說不清是死亡或是病，更多的可能是害怕未知的什麼即將發生，自己仍浪擲時間。或許，從現實抽離出沒用的自己，得到一點點轉圜時空，便不再那麼在意人世冷暖或情感磨損了。

想起這回艱難的南美行旅，先是臺北飛ＬＡ十二小時，我和Ｊ連看四部電影撐著不睡，指望下段ＬＡ飛秘魯十小時能迅速墜入夢鄉。日日與Ｊ同床而眠，我無法盡情模擬小說情節，虛構浪漫不如一路安睡到利馬。

前往南美之前，我的閱讀計畫自然是滿滿的馬奎斯，小說家在〈睡美人與飛機〉提到主角與陌生美人同坐相鄰機位，她一上機即沉沉睡去，他獨自用餐，每次舉杯都敬她安康，百無聊賴又將座椅調到和美人相同高度，注視她額頭偶爾掠過夢的痕跡。他終於發覺就算是夫妻也不會如此靠近啊。

時間慢速催毀意志，望著Ｊ順遂安眠，我認輸，小說終究比現實還要戲劇化。此時空服員拿著提籃遞來毫無溫度的三明治，高空艙壓讓人意識渙散味覺失調，失去日夜的高空，也失去吃睡本能。

吃不下睡不好，我取出口罩眼罩外加外套罩頭，持續催眠自己是蜂巢的蛹。睡不成眠只能想東想西，我只確定活著，尚能腿腳伶俐耳目聰明抵達遠方，十幾個小時後，我會望著利馬的羊駝打從心底微笑。

有時在旅途中，尚未終結行程，我和 J 會不可自抑繼續規劃下個地圖上的未知。

這幾年陸續展開各種形式或長或短的旅行，可以自助最好，難度高的所在也不排斥跟團。難不難，有時很難界定。我和 J 也追求最短時間達到最大利益，但必須兼顧品質，難的或許是食宿可以儉省，最可觀的花費終究是機票。

看似瘋狂長達一個月的南美洲長旅，終於組團成功讓五個國家的串連成為可能，也是長年樽節支出，終於得以進行的特殊行程。期間前往祕魯、智利、玻利維亞、巴西、阿根廷、復活節島，順利完成計畫竟需要搭乘十八趟飛機，旅次輾轉，有時竟不知今夕是何夕。

我初次感到長旅不只要耐力，需要超人的毅力和意志力方可完成，更別說還有計畫之外不可控的行程。

馬奎斯筆下邦迪亞家族所在的馬康多，潮濕多雨，盛開艷麗詭譎的奇花異草。屬於哥倫比亞的亞馬遜河段我們此番雖未曾抵達，然而深入祕魯段的亞馬遜在叢林住宿兩晚後，無所不在的溼氣改換我毛細孔排汗的能力，也將所有衣物逐一蒙上微細水珠。

此刻方才瞭解小說家為何會讓馬康多下起八個月不停歇的雨，有雨降臨，內心可能是荒漠，這的確是一個無法驅逐水氣的領地啊。

此外，在秘魯移動期間，安地斯山脈總是如影隨形，馬奎斯曾在小說中描摹來自安地斯山脈的女子散發著古典氣質，男性則有「安地斯山脈知識份子的莊嚴儀態和陰鬱衣著」，近距離接觸當地住民後，小說家的境界暫時難以體會。直到某日在鹽湖梯田遇見一披掛紅白條紋披肩的原住民，他吹奏著《老鷹之歌》和自創民謠，靈活手指按捺排笛，甫接觸他深邃眼神，交織音符的氛圍不由湧現擁有ＣＤ的慾望，或許這亦趨近小說家無可抗拒的魅力。盡管回到臺灣後不管是電腦或音響都無法播放，悠揚動人的樂音也就永恆地盤旋於安地斯山脈深處了。

當南美行程來到海拔三千四的庫斯科，全城古樸的建築和街廓予人走入時光隧道的懷想，此地是昔日的秘魯首都，美麗山城也被安地斯山脈環繞，緊接著再往普諾挺進，我們預備停留兩日，除了一探的的喀喀湖上的蘆葦島人家，也準備面試辦理玻利維亞簽證。

豈料一到普諾我便頭痛欲裂頻頻作嘔，高山症已悄悄地附在肩膀胸口，攫住雙腳，呼吸越來越急促腳步越來越慢，前往西藏和稻城亞丁時也曾發作的高山症陰影又襲上心頭，晚間只得乖乖躺平休息服藥換來順暢的氧。

隔日起床發現頭上的緊箍咒已解除，身軀輕盈許多，我知道高山症狀已悄悄撤退。重新作為一個鬥志高昂的旅人，立即準備打起精神造訪海拔三千八百一十二公尺的蘆葦島。

的的喀喀湖有數十座蘆葦浮島聚落，住家學校教堂和商店一應具全，也有民宿能讓遊客嘗試水上人家生活。從小船接駁到蘆葦島，穿著烏魯族傳統服飾的婦女和孩童熱情吟唱迎賓曲，踏上小島的剎那，即使了解那是由一層層蘆葦鋪蓋的陸地，腳底仍傳來彷彿鋪墊棉花的錯覺，像是走在巨大搖籃裡，身體偶爾晃動，腳掌也微微傾斜，平衡感差的旅伴甚至感到暈眩。

漂浮水上的蘆葦屋如不繫舟，居住其上的烏魯族人因一千多年前躲避印加人，從此習慣了水上生活，日復一日，也不願再返回陸地。蘆葦人家早已將房舍做為定錨，牢牢地守候自己僅有的家。

的的喀喀湖上的人家讓我聯想到玻利維亞找水團的年輕駕駛。在三千多公尺的鹽沼湖行程都由瘦高如櫸樹的小哥負責，離開村落後就是望不到邊界的鹽沼湖，除了白花花的鹽湖水，遠處灰黑低矮山稜，方圓數十里只有一列吉普車隊。

車裡的我們看什麼都新鮮，喳喳呼呼，像是小說家所言這世界太新，一切都想伸手去指。

J在副座注意到駕駛頻頻打哈欠，問我背包若有零嘴快點來餵食小哥。始終以時速十公里前進的車隊，已長達一小時，看似在尋找人煙罕至的秘境。南美主要語言為西班牙語，還好翻譯APP居中解決所有困惑。我從行囊摸出鳳梨酥和花生糖，拆卸包裝後遞給駕駛細細品嚐，他豎起大拇指讚賞臺灣美味，隨即將手指在長褲上隨意抹抹又放回方向盤。

彷如慢行飛鳥緩緩前進的車隊，若從高處俯瞰，大概像虛線筆直地將鹽湖切割成兩個部分，這兩日始終望不到邊境的玻利維亞，當我們一起奔赴至鹽湖邊緣會不會墜落呢？

一半是如鏡湖水，一半倒映在湖水之上好似浮洲移動的人與車。櫸樹小哥日日側身於慢速前進的車隊中，反覆將觀光客送到鹽湖鏡面上，總是帶著笑意幫忙拍照，我們在鹽湖慢動作舞蹈轉圈跳躍，複印身影的模樣看起來實在很滑稽。

櫸樹小哥似乎從未離開過此地，也無從由反覆的規律中逃離。或許，我也

玻利維亞天空之鏡。

不能如此揣想，說不定他熱愛結交來自世界各地的朋友，抵抗日常的反覆，並非人人需要。

我和J熱愛旅行，也摯愛成長的海島。我們一再離開固著之地，扮演一個不是自己的自己至他方，仍然可以回返日常繼續生活，這是反覆，卻是櫸木小哥不曾擁有的某種幸運吧。

回程又是冗長的飛行，這段行程體力總呈現怠速，不論是J或是其他旅伴，顯得格外疲憊。

機艙內的同行者仍沉靜地張揚地吞吐乾燥的空氣，無人將夢境借給垂釣睡眠已近兩小時的我。

但不論路途有多遠，我們轉了一大圈，最終想起家裡有貓、書架，還有床鋪那個凹陷是剛剛好承接睡眠的位置。

那是，每一次從熟悉的地方暫時離開，抵達遠方的遠方，慢慢懂得的幸福滋味。

當我們去看自己的房間

輯三｜我只是來借個靈感

酸甜之味

前幾日大概太想念陽光，夢見和外婆在屏東自由路的矮房院子晾床單和被墊。

外婆說，「睏遮爾仔晏，無日頭，你的棉積被無通曝，攏是臭殕味。」我一貫耍賴的笑。

夢見的院子，在租來的矮房後頭。矮房是長形房舍，像幽暗隧道，推開左右木門，門上是土耳其藍剝落的漆，門面貼著信用合作社致贈的門神畫。一進門是小客廳，僅能擺放一張摺疊桌和幾把凳子。客廳太小，印象中從未有客人來訪，我們常在那吃飯看電視。

客廳旁抱著僅亮一個小燈泡的狹長走廊，走兩步，右邊是間架高床板沒有拉門的統舖房，床板很高，約莫一公尺。我和弟弟從床上跌落過幾次，不是貪玩而是床面小，經常翻滾兩圈就掉下床了。外婆和兩個舅舅，還有媽媽、弟弟和我，彷若一串香蕉弓著身挨擠在統鋪房入睡，還好平時大人多在市場營生，房間功能只容納睡眠。

房間後頭是擺放單門小冰箱和瓦斯爐的小廚房，除此之外僅容一人旋身。廚房的三格紗窗門推出去正是入我夢的小院子。舅舅挨著廚房牆面胡亂用鐵皮木條搭個盥洗小間，下雨天要撐傘出去洗澡，這是記憶所及第一個外婆家。

童年若是有顏色，陰暗的矮房始終是橘黃色，鎮日亮著燭光燈泡。矮房上方蓋著瓦片，有貓走過屋頂時，仔細聽，像玩跳房子踮起腳尖踢扁平小石子，摩擦瓦片，從一格到另一格，有輕微的啪搭聲。

夢是潛意識，記憶則是超越現實存在海馬迴的皺褶，由夢境抽出線頭摸索出的不是房間或屋頂，而是小院子發生的事。

露天小院子，有赭紅磚塊搭的灶，灶上經常放一鐵鍋，平時外婆和母親煮大鍋麵或熬煮中藥都用這個灶，晚上舅舅會在那架上專用的深口鍋燒水，主要是讓全家洗澡使用。那個灶，是我和弟弟小時候非常喜愛的魔法洞窟。

每天傍晚舅舅升火煮水我們總蹲在灶旁觀看。首先搓幾個舊報紙團，舅舅像馬戲雜耍一球球在左右手扔來扔去，再用木片舊報紙煨著木材工廠要來的碎木料，劃一根火柴，丟進灶內，火苗逐漸吞噬嘻笑的表情，映著光的熱臉，火光裡我們已化身為陌生人，無法抑制自己。忘了是誰先開始的，趁著大人不在，偷偷抽出前端燒成紅炭的木條，成為手中光劍，火星在身旁飛舞，在頭頂盤旋成光的雨……

星星點點，魔幻而超現實的焰火落在每個角落，多數在尚未滑進湯鍋、墜入土地、灼傷皮膚之前，飄散半空中旋轉成白茫茫灰燼。

有一次，我和弟弟戰鬥指數過於高昂，院子裡晾掛的衣物全化為煙塵，消失在那個傍晚。

幸而舅舅及時發現，阻止了蔓延的災禍，站在原地怔怔發楞滿臉淚水的我和弟弟，少不了罰跪和鞭打。被打得很慘的不是我，是弟弟，誰叫他十有八次在舅舅生火時，伸出不能自制的手去拈出木片或捲曲報紙。他被列為主犯，而我，是沒有管好以及管不動弟弟的從犯。

純真無害的臉其實是罪惡淵藪，究竟大人是如何被這張看起來無害純真的面孔矇騙，我不清楚。後來，我總很小心辨別他人的善意。

在那個傍晚，當我也伸出魅惑之手，取出火把，焚燒了大家認為善良且未曾啟智的童年時光之後。曾數次夢見和外婆在小院子晾衣，或許只有我才知曉，童年不曾說出的秘密是如何成為一個火種，在未來的時間裡點燃他人信任，形成結界，每一次都無法召喚出惡去對抗。

夢裡笑，醒時哭。外婆已仙去十餘年，不會再有人拎起童年那張被褥，要我聽話快起床。

遠離的四歲，我所有關於南方土地的情感，都與上代人緊緊聯繫，時光輾轉，昔時背上溫度，挽過的臂膀，化為煙塵的僅能追憶。在高雄和臺北雙城各生活二十餘年的我，如今與故鄉的連結惟有二舅，他常在夏季寄來芒果或蓮霧，冬季則是牛奶大棗和哈密瓜。他總是以甜蜜的氣味召喚我。

每逢包裹抵達我的城，開啟迢迢而來的南方果實，撲面盡是炙熱陽光，嘈雜人聲交錯市場熟爛果香，甜的酸的，都堆疊在積木般的紙箱輕輕搖晃起來。

●

屏東，寫下二字，不免感到配不上這地名。

相熟的同學友人一直以為我是高雄人，我也不想否認，畢竟在港都居住近二十年，求學就業都在這靠海城市，而身分證的出生地明晃晃標示著甜鄉人的印記，我的出生地，童年居所，分布在鹽埔鄉和屏東市區。

出生在不產鹽，字面卻是曬鹽之地，自小始終是困擾我的謎團。

原鄉鹽埔在記憶的分類都署名母親，她從不厭煩往事重提，任由淚水流淌一說再說，那年背離親緣毅然逃家，在臺北偶然相遇，熱戀公證結婚，少男少女的夢想超音速推進到成家立業，小夫妻只能灰頭土臉回到鹽埔祖厝。不被祝福的小家庭底盤脆弱，父親於我出生三日後旋即入伍，母親餵養小娃兒時難免叨念，實在被你們父女倆耽誤青春啊。

在偏僻鄉間不會耕種生計難以為繼，母親遂帶著不到三歲的我搬到外婆家。外婆家是水果大盤商，自家亦有果園，我所能記憶最甜的童年時光大多在屏東市區的果菜市場恣意遊逛。

當時母親挺著圓鼓肚腹，腹中孕有大弟，我尚不知大人憂愁，大概是父親剛退伍，牽著我在自由路矮房子門前，鄰居為我們拍下兩張珍貴的黑白照片。念小學後，十年之間父母仍為生活苦惱陸續在高雄四處遷徙，外婆家再次成為錨，是每年寒暑假停泊駐紮的港灣。

我的少女時代基調不太甜，有幾年，父母為了躲避債務不告而別，我和弟弟甚至以外婆的家為家。有一次偷偷從外婆的黑絲絨大相本撕下兩張照片，放在珍愛的餅乾盒裡，夜深人靜便取出照片擺在床頭，巫術一般召喚父母回家。不久，外婆偷偷跟我說，不論是誰，他們都不會回來了。

我蹩腳的巫術，直至自己結婚那天，才短暫實現一家人團聚的想望。至今，逢至年節或父母生辰總是噩夢一場，分開餐聚不夠，彼此猜忌不夠，曾經無家可歸的孩子，如今只求他們分開後真正的平安健康。

●

苦澀的斷片之後，經常以甜的姿態現身，沿著甜味回憶散步方能展開我的童年地圖。

自由路民生路口的萬春市場、鄰近萬年溪的老房子，後來又落腳於和生路附近……外婆螞蟻搬家般隨著果菜市場所在頻頻更換住所。記憶蘸滿果實成熟的芳香，一縷縷，彷彿望見芒果或鳳梨喉頭即失控湧出甜蜜，不是原鄉亦非故鄉，我喜歡喚它甜鄉。

幼時長住外婆家，沒一天我能獨力起床，總是直接被舅舅拎起來用外套綁在身上，騎上摩托車去離家約一公里的果菜市場。

我們在自家水果行等待竹山卓蘭的卡車運來一箱箱水果，舅舅會隨意拿起一顆橘子考我，這是桶柑、海梨柑、椪柑、茂谷柑？梨子考題則是粗梨和細梨的斑點有何不同，新世紀梨和高接梨的產地又是在哪裡？

沒讀過幼稚園的我，看圖說話是各種水果形狀，讀小學時覆蓋水果箱的報紙是睡前讀物。拇指姑娘若是誕生於花朵，我曾想像自己或許是富士蘋果和愛文芒果結婚生下的小嬰兒，顧自在身上灑下一團團五彩紙圈為自己慶祝生日。

離開童年，鮮少再回到屏東。當時以木工為業的父親經常延攬大型工程，在工地過宿是家常便飯，母親也在市場販賣麵食或冰水，一家人很難齊坐於餐桌，若是有，大概只有年節時分。我和弟弟經常寄住外婆或高樹姨婆家，自能記事以來，一直弄不清楚究竟高雄和屏東何處是我家，彷彿高雄有個我很愛爸媽，屏東也有個我很討厭爸媽，兩個我偶爾會合而為一。

在照片裡依偎在父母身邊的小女孩，她扭捏地轉著手指，看著鏡頭，留下分別和父母合照的瞬間。彷彿預言，我從未擁有過全家福的照片。

整理老照片，屬於屏東的分類總是零落殘缺，記憶裡外婆常帶我去玉皇宮和慈鳳宮拜拜收驚，小衣上蓋著廟宇方正的紅印，也曾數次至東隆宮掛香。我的屏東與信仰緊緊聯繫，外婆仙去後也帶走我曾有的信仰，但我懂得了愛人，將甜的回憶都留在那塊土地。

後來，還找到幾張青春年少與男校聯誼遠至高樹大津瀑布或是茂林情人谷的留影，照片裡的人看起來活潑美麗，活得像是沒有過去一樣。還記得我們玩抽鑰匙的遊戲，載我的男孩騎有斜板造型的名流一百，途經鹽埔和高樹那座大橋時，輕蔑地說，好好笑的地名，難道這裡以前是海邊嗎？

望向綠油油的水田，我只是靜靜地回覆自己，那是我出生的地方。

好久不見

那年，剛退伍的父親離開比高雄更南端的家鄉，到三多路的某條巷子租一小房，那年，我四歲。

每天早上父親騎著野狼機車，後面貨架用棗紅橡膠綁繩固定他的工具箱，媽媽端把小椅子讓我坐在門口吃魚鬆拌稀飯，父親朝我們揮揮手，噗噗噗，離開小巷。

每日父親的離開，我並不特別珍惜，直到他真正從我們家離開。

我其實沒資格譴責離開家鄉的人，直到我在臺北居住已經超過居住高雄的時間。時間讓人長出歉意，現在，我才了解，離開家鄉，像是魚離開水，蒲公英離開根莖，蟬離開夏天，萬般糾結的心緒都不計辛勞跟著你到了遠方。

直到高鐵，不及兩小時將我送回左營的瞬間，猛吸一口氣從座位起身，彷彿更換維生系統的氧，迴異於北方潮濕而浮盪水分子的氣息。

回到這記憶透明到不忍逼視的地方，我總要將積滿雪花的海馬迴，所有脈絡沾黏的暗影，抖落乾淨。讓自己像個南國的孩子，晴朗的回家。

回到南方，我熱衷重返童年遷徙的街巷、學校、公園，尋覓關鍵地標後，用衰老的眼睛去確認過去存在的時間。綿長而抒情的召喚，比起參加同學會，你一言我一語評價誰誰誰的成就，更令我著迷。

少女時期，七賢路林立的補習班少不了有我苦悶身影，這一帶還遍布聲光娛樂場所，諸如保齡球館、撞球間、電動玩具店等，我到自家開設的店面幫忙總是很怕遇到熟識。現在，鄰近的六合商圈與五福文教區，商家不斷更迭，鄰人於我皆為陌路，屬於我的家鄉地圖必得系統重整，方能在正確記憶打卡。

幾次三番，拽著殘餘畫面，穿過三多夜市，尋找那條幼時奔跑的小巷，走到雙腿痠疼仍一無所獲。

母親曾在三多夜市擺過小攤多年，夏天賣剉冰冬天賣雞蛋糕，後來有了店面又賣起陽春麵牛肉麵。為了這一點很小很美的事，不論離開高雄多遠，夜市的食物，蚵仔煎、下水湯、黑白切和尋常滷味，每嘗一口，總會撫慰離鄉之後痛苦哀傷的時間，吃進嘴裡的都化為心跳，怦怦怦，在我胸口擊鼓，溫暖異鄉人的漫漫長夜。

家，漸漸敗落，大約是從三多路搬到不遠的光華路，那時我剛上小學。從光華路到青年一路的四維國小，清晨，一個精神抖擻的小隊出發，小小路隊長的書包插著鵝黃色三角旗，越過幾個路口，周遭是長滿芒草的空地……直到穿出街巷，走進學校圍牆，彷彿巨人的雙手將我們安全包覆其中。

國小圍牆，在我童年回憶裡是一堵噩夢的牆，它曾讓我有兩三年非常討厭母親。

不知有多少回，在圍牆邊徘迴，從欄杆縫隙苦苦遙望路的那頭，可曾浮現母親瘦削身影？她堅持每天中午親自送來熱騰騰的便當，每次都遲到的她，不曾發現我熱切眼神。

從正午等到午休鐘聲將要響起，騎著摩托車的母親像是經歷一場戰爭，蓬著亂髮面泛油光匆匆而來，她擠出一抹歉意的笑。

她越是這樣笑，越是覺得她故意漠視我的餓。幾次，賭氣的高舉便當作勢甩在地上，此時，母親必然瞬間收起笑意，換上銳利憤怒的眼神，甚至在校門口伸手擰著我的腮幫子，說只會臭臉不識好歹，大人做生意多忙，好不容易抽空做飯菜送來，快進教室去吧。

臉頰熱辣的我好狼狽，連大象溜滑梯都怔怔看著我，像在說，都這時候了，妳還在這裡慢吞吞的走路。才穿過操場，午休鐘果然準時迴盪在校園。

經常，同學們午後小睡，我空著肚子趴在課桌上沉默的哭，眼淚，無聲流淌。挨到午休結束，打開冷掉的便當，迅速扒幾口飯。下午帶著沒吃完的飯盒回家，少不了，又是一頓好打。

童年的我，狹窄的眼界，只看得見自己的委屈。當時的母親剛滿三十。當我也成為母親，才稍微了解從女孩抵達女人的路途有多艱辛。

料理日常不是辦家家酒遊戲，人生實難，得自己去經歷才知道那些狼狽是怎麼回事。

現在，回到娘家，茹素的母親總特別為我烹煮麻油雞、煎土魠魚、嗆醉蝦等葷食，母親餵食的欲望總多過我的胃容量，最後，不免又得到兩句，「妳呀，從小就是不懂惜福，糟蹋食物的孩子，怎麼，一點也沒變。」

母親俐落揮舞鍋鏟的身手，讓人安心，桌上每一盤菜餚也在告訴我，我曾錯過熱騰騰的愛有多麼美味。

撩起往事，恆常是食物滋味，牢牢矗立於我與母親之間的那堵牆，時間早讓它傾頹。

少女時代，家裡的吃食生意和七賢路車潮一樣，即使假日也少有喘息時刻，但還是能和弟弟們輪班，只要不是我端盤子洗碗那天，遊逛地圖便以住家為中心，不論左右如何移動，總能耗費一整天。

二十歲的我，看什麼都憤怒，看什麼都新鮮，不厭其煩演練離家遠去的路徑。

騎著分期付款買來的小綿羊，往左走，越過橋，在鹽埕區具有昭和風味的店面亂逛，在愛河畔尚未被祝融吞噬的地下街挑幾本書、看場電影，再去西子灣眺望船隻，甚至推著機車上渡輪去找住在哈瑪星的好朋友。往右呢，仍是越過橋，到九如路，窩在尚未變成科工館的廣大公園腹地，踩著單車，繞著公園蜿蜒的路徑，一圈又一圈騎著我的美麗與哀愁。

不復存在的往日，所有青春情懷被埋葬焚燒後的愛河地下街，在六號公園層層泥土之下，巍峨現代的博物館建築，站在那，朝著懷舊的我訕笑。

回到高雄，總會和年少的自己直接打照面，無從躲藏。

人到中年，往後流淌的淨是回憶，往前飛去都是時間，如果可以為自己保有一個乾淨明亮的地方，重新出生的地方，那一定是家鄉吧。

每次回家，我習慣略帶歉意對這城市說聲，好久不見。

陌生又無奈的四個字，大概是，不想那空氣的海味總是遮住它的甜，我終於也學會微笑著，和它打聲招呼了。

我的少女偽龐克小史

說到我的少女偽龐克時期，那段匪類時光，不只龐克，也嘻哈，更可以波希米亞，愛怎麼變身都無人管束。

初老的我，非常懷念那段真空狀態，彷彿活在異次元，聲音或影像，任何介質都動搖不了自我巨大的存在。

為何缺乏正當性，說是偽呢？

人之歪斜，其來有自，這得從頭髮說起，餘下的，不值言談。

我並非一開始就立定志向走龐克路線，或許是高中和二專轉讀夜間部，自行擺脫髮禁在尚未解嚴的年代，說句不中聽的，在我無知的小心眼裡可比野百合學運或六四天安門事件更讓人心神蕩漾。

沒有亡國感的無知少女，或許正是因為無家可回，我只好關注自己，或許，始終不離不棄的也只有自己。

真正對龐克風產生狂熱，是家中發生變故那幾年，忽然發覺，美的事物，如此讓人沉醉，足以忘卻世俗煩憂哪。

說起來都要怪高中夜間部同學小慧。我和她白天在同工廠同部門打工，夜晚又同班，前後緊挨著座位打瞌睡下課一起抄別人作業，唸書彷彿只是一天之中不得不做的事。

課餘，我們總是花很多時間裝扮自己，那時唯一能取悅自己的事，接近少女純粹愛美麗的心思，也是青春年少最值得記取的細節。

我和小慧喜愛在大火還未燃燒的地下街商場和大統百貨閒逛，那幾年流行的大墊肩牛仔外套、高腰褲、內衣外穿的瑪丹娜風格款式，生冷不忌，我們很願意讓自成為街道上引人側目的風景。盡管，這樣的風景唯有孤芳自賞，點點絲絲，橫豎撇捺，仍要跟得上浪潮。

關於家庭，家人，血緣的牽絆，已經徹底輸了。整個少女時期，我們竟只剩下年少狂妄可以和他人較量。

或者，生活的艱難早在二十歲之前讓青春花瓣快速衰微了。

我們的心比裝扮還要老。討厭同年紀的男孩，喜愛年長有點擔當的軍校生，雖然後來證實那只是無知少女的天真想法，但總是無話不說無苦不訴的。
誰要做乖乖牌，愛或恨，同情或濫情都沒關係，這就是少女分明的二十歲啊。

假日我們熱衷和鳳山軍校或各男校聯誼，小慧有時裝扮成小紅莓樂團主唱桃樂絲高冷調調，不分冷熱戴露指半截手套，化煙燻妝，或複製丘丘合唱團娃娃造型，削短髮頂上燙捲，蓬著雞小窩的頭，一笑起來，耳畔紅白塑膠大耳環爭先恐後敲著她瘦削面頰。

黑亮大眼、劍眉，有著原住民血統的小慧，我喜歡她茂密如刺蝟的髮型，每根頭髮都燃燒著龐克精神，寧直不屈。

每月領到打工薪資，不只一次，問過美髮工作室設計師，想剪短，剪龐克的最好，我揣著並不豐厚的錢包，怯怯地詢問整修門面的代價。

設計師垂眼挑眉，舌間吞吐著答覆，最終她表示不是價碼問題，接著傾身接近圍攏斗篷的我的頭顱，手指伸進我的髮，撥撥弄弄搖搖頭又說，妳有自然捲，頭髮太細髮量也不夠，髮質粗硬的剪短才能有型有款，不是誰都能駕馭龐克啦。工作室的橢圓鏡鑲嵌著她眼底輕蔑。

自動送上手的生意沒有推出門的道理，她又拿來幾本雜誌指著上面模特兒亮麗髮型，建議燙篷整個中長髮，營造髮量豐盈的假象，中分瀏海則層層吹出空氣感。

無法否定亦無法決定，彷彿我頑劣的髮為難了她，但她願意死髮當成活髮醫，我得感恩謝地並耐心等待。

三小時後，我得到一頂近似玉女歌手金瑞瑤和林慧萍的髮型。鏡子裡的我，從旁分的清湯掛麵變為摩西中分紅海，頂著彷若厚重窗簾翻出層層渦漩的髮型，看起來格外溫柔安靜。

她讚賞自己的手藝並順便誇獎我幾句，拿起另一方鏡映照我的後腦勺，得意的說，看吧，多襯妳臉型。我皺起眉，這髮型藥水味刺鼻沖天，只是襯得臉更臭，壓根兒不是我想要的我。

我沉默，無語問明天，我不想帶她一起回到租賃的小房間，寧可她就留在美髮工作室的鏡子裡，聽起來像鬼故事我知道。

從無例外，燙髮隔日，我總迫不急待返回美髮店想要洗直，設計師搖搖頭，捏起乾枯黃燥的髮絲，她說，有一天妳會知道什麼是無髮無天。

我一次次變髮失敗，小慧的龐克風卻越吹來越盛，短皮衣、牛仔褲旁拖著長鏈條，釘滿鉚釘的短筒球鞋，而我，頂著玉女髮型臭著臉，越發覺得心底的龐克魂整個死掉了。一切都是這個髮型出了問題啊。

我需要的髮型，和別人一樣也沒關係，最好那個人是我的好朋友，那讓我感到安心。

後來，無餘裕再上美髮工作室，我想剪個頭髮也沒什麼難的，反正已是醜陋極致，不就是醜與更醜的差別罷了。我決定自行變髮。

首先找出一把美工用剪刀，面對鏡子，學習設計師專業地將撩起頂上的髮，穿過指尖，將岐出併攏手指的髮絲盡數減去，彷彿修剪父母離異後獨留我在這城市所有的孤寂，再將乖順貼附兩頰的髮剪成不規則層次。

戴上綴有十字架和骷顱頭的長項鍊，穿上窄管貼腿褲和廉價皮衣，鏡子裡的我似乎有點龐克的樣子了。但我很清楚那還不是我，只是長著很像我的一張臉。

怒放火鶴的短髮，至少接近我想抵達的真空狀態，可以暫時感到安心。

說也奇怪，頂著自己快剪的不倫不類龐克頭過了一陣子，心裡的龐克魂好像從此安息，不傷心也不眷戀請她好走不送那種。

後來，擠出最後的一點點努力，報考夜二專，考上仍得半工半讀拚搏每學期註冊費，小慧卻早早甩開龐克少女的模樣，轉頭步入婚姻展開職業婦女生涯。

自然捲和筆直硬髮還是有可能不棄不離，直到現在，我們還是非常要好的手帕交，然而，日後相見，不可能再是龐克打扮，僅僅只是交換生活的艱難。人生真的很荒唐，每段時期都很難，一難還有二難和三難，本以為現在就是最難，誰預料現在的難，日後來談，一點也不難了。

我不清楚她是否曾想念過那段狂放的龐克時光，或是和我相仿，僅是偶爾將照片拿出來放在陽光下曬曬不羈的少女樣。

後來呢，我心中的龐克少女就像高踞 KTV 排行榜那首歌，「後來／我總算學會了／如何去愛／可惜你／早已遠去／消失在人海」，二十歲，龐克，情感的中斷或延續，後來，讓我明白當時非常在乎的態度，已不再那麼堅持了。

譬如髮型，陸續嘗試赫本一樣但在我頭上並不俏麗的短髮；幾次離子燙更顯後腦髮量扁塌似電腦平板；也剪過艷后那般兩頰長度後腦推高，人家在埃及冷豔如霜，我卻永遠只撈到不錯啊，像個清純大學生的註腳。

我的髮型，其實只有一點亙古不變，大概全臺灣所有設計師都說好了齊來拯救細少髮量，從大波浪長髮到彈性溫塑燙及肩中長髮，還有復刻學生時代的妹妹頭都曾在頂上輪番風光。

那麼服裝呢，以前還在出版社上班不得不人模人樣，各式 A-Line 洋裝輪值一週，還自以為比起某同事一律黑 T-Shirt 配牛仔褲要能妝點辦公室風景。雖說一致性風格之必要，想起我的少女偽龐克時期，也曾認真在書店參考每期的《non-no》（ノンノ）日本女性時尚雜誌的穿搭。上班更易讓人感到人生是不值得活的，唯有裝成另一個人的樣子才能繼續活著。

流行這回事，說真的，早看開早超脫，放在別人身上剛剛好，放在自己身上一點不合適便萬般不好。

這是如今經常宅在家隨意穿著睡衣夾著鯊魚夾寫稿的人，最終體會到絢爛歸於平淡的才是我萬古留芳的風格。

第一次讀到夏宇〈我們苦難的馬戲班〉開頭寫著，「終究是不喜歡什麼故事的／可頭髮／卻已經慢慢留長了」，頭髮意象不由分說攫住我的目光，將時間拉開一個跨度來看，對啊，離開二十歲，也離開那段苦難的時光，不再需要龐克或任何髮型來裝扮自己的脆弱了。

母親有次很羨慕地看著我說，真好，頭髮還這麼黑。我凝視著她一染再染的頭髮，發現，所謂時間是會讓人懂得什麼是放下。

我的髮質，大概是遺傳母親，行至中年，更顯細且疏少。眼見老年將至，或許日後覓一頂合宜舒適的假髮，耳目可望再次刷新吧。

或許，耳不聰目不明，更能重返二十歲的真空時態，那時，再當個老龐克少女也不賴。

外星人雞蛋糕

母親曾在高雄某夜市賣了好幾年雞蛋糕，家裡終日飄浮著雞蛋混合麵粉濃郁的氣味。

每逢半夜好夢時分，轟隆隆聲響占據了住家每個空間。自不明物體入侵之後，媽媽與擺在廚房的麵糊攪拌機必須勤勉，還有不鏽鋼桶大量的乳白液體，它擄走她的睡眠，綁架了我的童年。

記憶的座標再次定位。剛滿七歲的我，非常恐懼乳狀黏稠的雞蛋糊，總捏著鼻子嫌惡的說：「噢——好恐怖，好像外星人喝的牛奶。」尚未烘烤的水樣材料，來不及刺激唾液的慾望，對於媽媽的小事業，我沒有一點好感。

「呵呵，真的嗎？我怎麼不知道外星人都喝這個。」她聽見我天真言語便愉悅的笑，那笑容，有罕見的輕鬆。

在實驗階段，每每攪和好配料，不是太稀，就是太稠，外星人牛奶的說法讓媽媽的煩惱變得很渺小。

「一定是啊，每天怎麼有這麼多——這麼多，一直有耶。」

「好吧，外星人喝的牛奶做好了，會香噴噴喔。全部賣光光，給妳買故事書，還有買底迪的奶粉好不好？」母親最後總是許願般，留下這樣的答覆。

接下來，每天下午她將外星人喝的牛奶，放在小推車，吃力地揹著弟弟，緩緩將攤車推到離家不遠的三多夜市。小學讀半天的我，剛學會簡單的算術和注音符號，不太理解接下來是要去上哪一堂課？

媽媽說，如果能幫忙將雞蛋糕裝進吸油紙袋給客人，等下會買紅豆涼圓給我吃噢。還不太會做生意的她，我們的臉皮厚度或許只有零點一公分之差，彷彿分配些許工作給我，她便擁有在小攤前徹夜奮鬥的戰力。

外星人喝的牛奶被一勺一勺舀入粉漿壺，媽媽先用刷子刷點油蘸到鐵製烤盤，再從壺嘴裡順勢而下，模型被澆灌後，來自外星球的乳白液體開始膨脹變成香味四溢的雞蛋糕。看著一個個渾圓金黃的烏龜、小鳥、手槍紛紛滾落在方形大托盤，憑空下起蛋糕雨，空氣變得甜蜜。

每一次，站在烤盤旁邊，看烤好的蛋糕一個個飛翔到托盤，我總是驚嘆，

這是外星人牛奶才有辦法做到的魔術吧。

一會兒，兩個頭髮捲捲的歐巴桑湊過來，買走了十個，媽媽好開心，又打開夾子烤盤用刷子蘸油飛速刷過，蜻蜓點水將麵粉糊填滿鑄模每個凹陷的地方，然後俐落翻轉烤盤。

蛋糕香氣彷彿看不見的手，將所有經過小攤車的小朋友全都拉攏過來，蛋糕雨再次變成手槍、小鳥、大象、汽車的模樣，停在他們小小的手心。

拿到熱騰騰的雞蛋糕，有人先咬掉手槍的槍管，還要朝著別人嘴裡的小鳥龜飛射一靶，胖胖手指勾著大象鼻子親熱磨蹭，永遠都玩不過癮似的，當蛋糕漸漸失去酥脆外型，慢慢癱軟前，再戀戀不捨送進嘴裡咀嚼。

這幾個柔軟噴香的玩具好像有了溫暖靈魂，吃下它們，不免有些愧疚，寫在臉上的卻是親暱滿足的表情。

媽媽的小生意順利經過好幾個季節，她是小攤車前的魔術師，我是收取掌聲的小小助理，我們是默契良好的搭檔。升上二年級的我，將雞蛋糕裝進紙袋和找錢的速度，已經和媽媽烤蛋糕的手法同樣流暢。

有天下午，有個胖胖的小男生跑來小攤，說要買走全部雞蛋糕。他穿著和我一樣的小學制服，繡著和我班級相同的數字學號，他是我們班的班長。

「原來，他也喜歡吃啊」，我不敢看他，也忘了自己是怎麼裝完所有的雞蛋糕。班長來過小攤後，我心裡某個奇妙的開關被開啟了，彆扭的不想再和媽媽去夜市變魔術。

執意待在家裡做功課的我，堅持著莫名奇妙的小學生驕傲。媽媽沒說什麼，只說一個人在家要小心，別動瓦斯爐，不要開門讓陌生人進來。媽媽仍舊揹著弟弟在夜市做生意，我獨留在家，孤單的空間，望著牆上交錯的燈影，想像虎姑婆將要現身……我以為自己是可憐孤女瑟縮在床上輾轉，直到半夜，聽到她推著小攤車嘰嘰嘎嘎靠近，回到家唰地拉上鐵門，才安心地闔上疲憊的眼睛。

背叛外星人同盟的我，揹負著我的歉意，直到小學畢業，直到搬離舊址，母親改開麵館，才結束夜晚的外星人雞蛋糕魔術旅程。

望著她開始老去的身體，清晨去菜市採購備料鎮日忙碌，挑揀個菜葉便直不起腰，長久以來，我始終反對母親反覆在湯湯水水裡勞動，彷彿那些時間也煎熬著我，毫無意志的我。

結婚之後，離開家鄉，到臺北生活，老邁的母親早已不做小生意，但不管吃過多少小巷街弄的小攤雞蛋糕，唇齒之間，再也不可能重現屬於媽媽的味道。

後來呢，在住家不遠處，有天下午三點多，信步走入還沒甦醒的夜的市場。切仔麵或魷魚羹麵攤還在備料，不到營業時間的牛排館或海鮮餐廳虛掩店門，垂掛的燈泡和招牌燈還沒亮起。夜市像個尚未上妝打扮的女人，乾淨樸素的站在那裡。

走著走著，發現夜市有攤剪刀式雞蛋糕，甜香氣味頓時瀰漫著整條空曠街道，恍如按下大腦中系統重整按鍵，記憶的座標再次定位。

我年輕的媽媽，彷彿立在小攤前，等待尋覓點心的行人。

此後，當我想念外星人雞蛋糕，有了指南，只管快速抵達那夜晚的市場，忠貞的守候回憶出爐。

那可愛的小攤也常被幾個小朋友包圍著，他們的眼睛總流露著星星光芒，就像某個小女孩，也曾望見外星人牛奶傾瀉而出時，等不及嚐一嚐未來的夢，那段往事仍舊如此美味。

壓縮檔裡的青春光影

在一座有河依偎被海環抱的城市中成長，現在回想起來是種隱喻。

在時間流速中曾留下許多可供撿拾的意象，按圖索驥走向過港隧道，彷彿川端康成筆下的《雪鄉》，穿越闇黑山洞，長長的隧道開展了故事。

居住於依山傍海的港都，對於我最美好的記憶來自於綿長海岸線，海的落日，海的聲音，永無止盡的浪花拍岸，岸邊消波塊，海風和大量陽光梳理了那些非如此不可的呼喊。親近海，在青春光影裡停格的是電影般的場景，西子灣的山路往上攀爬，再遠一些便可佇立於礁岩上，一伸手就能搆著落日，將姆指與食指微縮焦距，偷走的是未來的想像。

高中時代的我最愛踩著單車騎過愛河的每一座橋，當我在陸地和海的交界遇見遠洋輪船，停泊大型巨輪的深水港，彷彿母親的懷抱，那是文學最初的感動，如此巨大不可靠近的遠方，隨著鳴唱的汽笛傳遞著我的幻想。

其實我誕生在屏東縣鹽埔鄉，一個既不產鹽也不靠海的鄉鎮，還沒讀小學就跟著父母到高雄市定居，然後讀了兩間小學、國中、高中、二專，我的成長之地正是昔時被稱為文化沙漠的高雄市，臺灣第二個直轄市。

那時市區已有按照數字排列的道路，一心二聖三多四維五福六合七賢八德九如十全，條條有理卻依然被中山和中正路垂直分割了城市版圖，最高建築是十層樓的大統百貨公司，愛河尚且還不是遊人如織的美麗河川。供給我青澀歲月的文學養分之地是位於五福路上的文化中心，在經濟青黃不接心靈枯乾蕭索的慘綠少年，至善廳和至德堂的藝文展覽與電影欣賞伴隨我度過許多寂寥假日，在大螢幕的光影交錯中一起狂笑和落淚，至少在人群之中還能擁有溫暖的錯覺。

以文化中心輻射周遭的高師大校園、御書房、致遠書局等文青集散地，在某個沒完沒了的夏暑，或是夏秋交替、冬春難辨的季節，負責餵養了衝撞難以管束的費洛蒙。

我曾在文化中心廣場一遍遍溜著輪鞋，草坪上夜唱，那空曠的場域與我人生不相干的陌生人，一群又一群從生命中經過，每個人似乎都帶走了一點點成長的傷痛，於是我喜歡強說愁並同時堅稱虛無的青春心靈，好像因此得到存放。

時移事往，我早已習慣為年少的愛與想念，龐大蕪雜的憂鬱和熱切，製作一個壓縮檔，不曾命名而收藏於某個新資料夾。偶爾到淡水海口任由海風吹掠，沐浴著淡海落日，以為這便是為思鄉愁緒解套畫押。置放於濕冷的北方盆地的我，或許害怕的是一解開影音壓縮，便會被排山倒海的回憶淹沒。

故鄉路途依舊，便捷交通讓一解鄉愁的藉口顯得微不足道，不消兩小時我的渴望抵達左營高鐵站，巍峨的85大樓熟悉手勢指向回家方向。返鄉為青春學子的文學比賽擔任評審時，發覺文化中心弧形欄杆圍牆已然拆除，取而代之的是「市民藝術大道」的馬賽克地畫，石鼓燈箱上仍書寫著屬於高雄的人文風情畫。

南方秋日很晚，夏季漫長，還穿著輕薄夏裝的我瞬時湧現浪潮般的畫面。光影扶疏的城市光廊和腹地廣闊的中央公園取代了舊日體育館，捷運美麗島站穹頂大廳旋轉著華麗貼片，每次走過都以為自己進入了夢境，黑暗的甬道指示著小港和岡山方向，無論前往山和海，都是我在北方眷戀不捨的氣味。

這些短暫如夢的呼吸，季節遞嬗的溫度，有時只是雨後濕潤乾燥的空氣，本來藏在壓縮檔裡層層疊疊的光影，總無法防備會從大腦中跳出一個小視窗般殷詢問：解壓縮至何處？

這個指令若未曾執行，它會固執的一直留在原地，直到我按下年少時層的按鍵。

忽然了解關於海岸和河流所承載的隱喻，緊接著回憶順遂地一路搭乘中央公園站的水梯扶搖直上，踏上綠地，高雄文學館已在不遠處，而我也望見了童年的百貨公司，十層大樓上矗立著公主城堡，然後，徐徐響起幸福的鐘，那是呼喚我回家的聲音。

願想

幣值不等的錢幣緊握在合掌雙手，喃喃訴說後，咚地一聲，乾脆俐落，彷若應答。

不論在哪裡，遇到許願池，我習慣在池水中擲入想望。隨著拋物線落到清澈水流的願，它存在最虔誠的那一秒，像福馬林保存瞬間，永不敗壞。每丟一個銅板，回應的水聲讓我想起不管我說什麼，你總說「好」，從無例外的答案。

平安健康快樂，倘若願望有價，又豈是一枚錢幣所能承載的重量。對著流星許願，願一出口，虛無縹緲，面向池子說出想望踏實許多，錢幣落水，好歹還會回應一聲。長大後才得知許願不是供養三太子，只要棒棒糖和糕餅就行，得丟銅板，和去廟裡添香油錢一樣，這願許了得還，實心實物的返回應許之地償還。

記得家鄉大河附近有個噴水池，當時紮著辮子的小女孩背向那裡扔進了一顆糖果。緊閉雙眼、雙手交握在胸前的小女孩，模樣有如池邊的邱比特雕像，喃喃唸了幾句，「老天爺呀，我拜託您……。」

到底許了什麼願呢？或許是小女孩人生中第一次許願，願想純淨，詩句般美好。糖果一下子在紛飛四濺的水光間隙漂浮，小女孩一步一回頭，擔憂糖果爬上池沿，願望會消失。她曾見過有人沾濕衣履，跨步進池將裡面的銅板一把撈起，她以為或許糖果也會影消踪滅。

小女孩細心的摺了一艘小紙船，讓她的願在水上行走，甚至，她希望船隻能夠張翅起飛，抵達最接近老天爺的地方。隔天，小女孩返回原地，池子裡只剩幾枚錢幣，小紙船也不見了？她想自己的願或許不會實現了。

許願等同承諾，當時年紀尚小還不懂必須付出一點代價，也不懂甜美的糖果如同諾言也會隨時間消融。青春匆匆逝去，直到許過無數次的願，才發現曾經勾勒的夢想，如同丟出的錢幣靜靜躺在凝結時空，拋擲的剎那，永遠喚不回。

眼前這個池子就赤裸裸攤著眾人的懸念。撿到神燈的幸運兒，不論好壞，尚有三個心願得以迂迴實現，而我不遠千里攜來的願，卻只能在異地陌生場域，恆久停駐。

飯店大廳中央這貼滿馬賽克的水池，不少人往水裡投入剩餘零錢，間歇不久就揚起砰砰水花。躺著各式錢幣的池底，水光浮動間漂蕩著大廳上方靜置多國時鐘的魔幻情境，或許拋入池子的銅板並不等同祈求的心，那不過是異國旅途的簽名儀式，彷彿眾人在此簽署了時光保密條款，此時此刻此地，仍是一個有夢待追之人。

站在水波粼粼的池子旁，想起了童年的自己，最愛往水裡丟東西、許下願望，有時是太妃糖有時是一顆話梅。

身旁有位韓國籍男子卻凝視著池中不同幣值的銅板，嘴裡唸唸有詞，肢體誇張的和同行者交談，似乎在為整座許願池裡的錢幣估價。我的願呢？無論落在哪裡，我真不願它有價。

旅途中最末一日，在公園遇上了石塊堆砌的簡陋水池，說是昔日浪漫的戲劇場景，在愛情童話發酵之下，旅人們依然往乾枯的池子拋擲錢幣。龜裂的泥地嵌入幾個銅板，只露出上緣的半月型韓幣，是上個季節或前一年留下的心願嗎？不能被池水所涵養的冀盼，是否會折損願力？何況這個願還被卡在泥地，只剩下半個，缺少水源的許願池，許下的願會是支離破碎的嗎？

當我丟擲一個同樣的願，它們落在不同池子，囫圇含混的水聲一響，這種答覆有時令我悵惘，單人行旅時我最摯愛的人並不在身邊。對於願想，我總要得太多。

遲疑很久，卻還是背向它、默念，往後拋去。

跌落泥地的錢幣翻滾了幾圈，落在一株小草腳邊，這不像你往常應允的語氣。悶重厚實的一聲，像極了昨日越洋電話中你沉沉的嘆息。是錯覺吧？乾涸的小池子，竟似山谷迴音包覆了整個旅途的問答，熟悉語氣忽然萌生莫名的安全感。這個願或許會因此慢慢長出根來。

回到島嶼南端的家，我們約定在河邊相見。這才發現童年常去的大噴水池早已拆除，池水成為河流的一部分，曾經專注投擲的錢幣也被覆蓋其中。願已被掩埋，埋藏了過去，過去那個被執念困鎖的我，希望和憧憬都混雜在海天交界一彎水波裡。

站在七座橋樑交握的河水之畔，我的眼光隨波逐流無所依靠，心裡慌慌的，我又成為當時找不到糖果的小女孩，忍住了哭泣的眼睛，亂糟糟的心緒攀在鏡片上結起一層霧。

「以後就少了一個許願池了。」你說。

你來了，我們一起登上裝飾著七彩燈飾的華麗遊船，看著河上來往船隻，我忽然有種衝動，便從零錢包裡拿出一個銅板，面向著大河，背向身後的你，微笑著在心中投進一顆石子。

「我要有一個家。」我說出了童年那個願。這是那一年遇見你時，最美好的願想。

我們是這樣被隔離在城市邊陲

二〇二〇剛開春，整座島嶼又陷入疫病警報與恐懼的氛圍，一個口罩竟再度成為人身最後防線，擁罩自重者醜陋嗎？散布不實謠言者瘋狂嗎？

我不能回答這個問題，因為我和 J 真實走過可佈的疫病邊緣。

記得二〇〇三年時，只有少數一兩個朋友知道我正在盡「國民義務」，J 當時的工作經常得出入上海，SARS 疫情最為肆虐時，他回臺時，為配合臺灣防疫 SARS 新政策，我們只得配合居家隔離。

當門外的世界陷入一片慌亂時，還有一塊安樂地容我們相聚，的確是值得感謝天地。J 看起來好像撿到了十天假期，不用起早上班以及老是拖過晚餐時間才回家，即使得在家中進行視訊會議和 On air 的辦公事務也不以為苦。拜網路發達之賜，他不過是換個地方辦公而已。

與世隔絕對我而言一向非難事，對這種寧靜的生活簡直是求之不得，這個時候絕對不會有不速之客不識相的前來叨擾。但是政府的隔離政策實在不夠徹底，自境外返臺要居家隔離十天，而家人卻不用隔離，這……這到底是什麼跟什麼啊？

這樣的防疫漏洞，是我和J每天下飯的話題，而我們也越發擔心潛藏的危機。

我們很自律的在家中戴著口罩，家裡的男人會在專用的房間內活動。不過習慣有什麼事就急著解決的他，一下子就要我去幫忙買這個那個，把我忙得暈頭轉向不算，他要的都是一些奇怪的東西，什麼三插式接頭、訊號線、熱溶膠、銲槍……。之前，新聞報導所說的「SARS的好處」，此刻我真的確實體會到了！最近我們家多了許多中用不中看的DIY手工藝，還有那專用的房間已經被他佈置成小型辦公室，裡面布滿線路纏繞的電子器材。看來隔離果真能夠使人改頭換面。

J被隔離的第二天，我的腳就再也踏不出家門了。充滿消毒藥水的氣味瀰漫著街弄巷道，出門購物及上銀行辦事的權利得用身體的溫度來兌換。

一切都好，在這個島嶼愈來愈瘋狂之際。我們不想再被噬血的電子媒體所宰制，那樣的語言詛咒，經常讓我們有變成遺世而立的一塊夫妻石般的錯覺，最終風化也只能無所謂的對望著。還好我們理智的一起看了許多錯過的好電影和好書，也努力增進了家庭和樂的感情，甚至想起了遙遠遙遠以前的蜜月回憶。

隔離於我唯一的壞處是，廚藝精湛的男人居然堅持遠庖廚，他說這都是為了完全隔離著想，如此的決定當然引來只想滿足口腹之慾的女人陣陣哀嚎。當男人和女人被關在一起十天，可以想像的距離是在哪裡？

一向安逸的女人，廚藝自動開始每一日都呈現小幅的進步，我得在僅有的存糧中，絞盡腦汁的思考三餐的食譜。雖然我也很厭惡自己拙劣的烹調技巧，但往好處想，或許十天後我就可以想出一本《十天隔離食譜健康煮》之類的書了。

雖然很喜歡隱士般的生活，這樣清靜日子也是可遇而不可求。第五天，我突然想起一種宿命的論點。自己若是進入深層寫作的狀態，為了專注之故，一陣子便要過著與世阻絕的生活，這一次和其他正在閉關寫作的某一次自我隔絕並無殊異。原來，身處於這般的迴圈中，仍是一種小小的幸福。

而和我們同在這個島嶼上生活的人們呢？

身在狹小斗室中，簡直要被耳語及傳言淹沒的我們，收斂起口罩下的喜怒愛樂。開始反芻往日美好的天光雲影。就這樣，我們和這個城市以外的人隔離。幾近無菌狀態、勤勉清潔居家自身的我和家裡這個男人，或許正很安全的蜷臥於一個密密厤厤的繭之中。

每日不停以食物填補慾望，陽光的、親情的、未來的。我們還來不及變得癡肥的第六天，屋外不再有亮晃晃的陽光，接連兩天，烏雲固定在午後的天際泛起，像是即將昭告什麼預言似的，讓人心慌。因為，我們是這樣被隔離在城市邊陲，置身，事，外。

這時我想起了哥倫比亞作家馬奎斯於《愛在瘟疫蔓延時》中，提及當霍亂席捲時，烏爾比諾醫生及其一家所感「一直視死亡為發生在別人身上，發生在別人父母身上，發生在旁人，而不是自己的兄弟姊妹和丈夫妻子身上的災難」。

是的，如今我們才開始學習，學習謙卑。這樣的體悟卻經常得通過死亡的交涉，用生命和自由去交換。

隔離的第九天。樓下超市的宅配到府的糧食已宣告殆盡，我看著購物清單空白的欄位，我想填入的是一艘諾亞方舟和一隻鴿子銜來的橄欖葉。

第十天，我和J一同從陽台上眺望著遠方，他微笑說「明天，我就自由了。」

這時，下起大雨的城市，卻不能回答每一次呼吸的口鼻，他們的自由。

PS：二〇二〇年直至二月本文成書之際，因武漢肺炎所引發的疫病仍在全球持續蔓延，期望我們能再度挺過這次考驗，並且在生命仍舊繼續時記取每次生死之際的試煉。

看不見的

一座城市只剩下自己一個人，會是什麼感覺？

多啦Ａ夢的劇情裡，有一次大雄覺得所有人常對他碎念，媽媽看他動不動便午睡，直說他懶；玩個花繩，同學笑他娘只愛玩女生的遊戲；去打棒球，胖虎和小夫又聯手欺負他。

不管做什麼或不做什麼，不是被恥笑就是被誤解，大雄對這一切失望透頂，他哭著拜託多啦Ａ夢讓這世界的聲音都消失吧。

這部動畫的忠實觀眾絕對了解多啦Ａ夢就是個金魚腦豆腐心，他捨不得大雄陷溺於被迫害與妄想的小宇宙，四次元口袋一掏，道具一用便將大雄送進另一個無聲世界。

當週遭按下靜音鍵，大家行走如常，人車一如默劇演員只動作不吱聲。大雄看得見他們，他們卻無視他的存在，不多時，大雄彷如遊魂無人對話，忍不住在道路巷弄嘶喊蹦跳，他懷念喧囂市街，那些總是出言不遜的朋友和嘮叨的家人，懷念每一句催促讚美，渴望任何呼喚應答。

這讓我想到自己也經常獨處，網路傳訊應答頗為便利失語狀態早習慣，但有一天，發現城市遺失了聲音，的確會莫名慌亂。

那日，一陣凌空長鳴後，奔到窗口遠望，公車突兀的靜止在十字路口，乘客和司機都消失了。空曠的車體橫在未來和過去的方向，道路和高架橋僵直在原處，沒有奔跑的車輛，城市血脈很乾啞。

後來，又一聲拔尖長嘯，城市開始聒噪。

公車上的人從便利商店湧出，生產線般排列整齊上車，離開被曾封印的路口，忽而，潮浪掩至的各種車輛迅速蔓延了橋面和道路。

演習的時間甚至來不及幻想看不見的城市。原來，只是虛幻一場。

如果，因此有一個人，因為我們看不見，而被遺忘呢？

某天，在公館附近的兒童哲學教室講完課，走過和平東路與溫州街，途經瑠公圳遺留的水源，像是街巷弄堂的小水井，一呼一吸，吐露著生活的聲音。

從清代開闢的水利設施，經由新店溪引水入圳灌溉了豐垠土壤，如今僅剩約一公尺半的開口涓涓流動，流淌過的逝水年華，凝結在這洞口結成故事網絡，餘波盪漾。

午後無事在街衢行走僅我一人，復行幾步，越過明目書店，卻在店旁的住家，聽到斑駁鐵門裡傳來悠揚厚沉嗓音，是低音歌后的歌聲，我停住腳步，不住探看，誰在吟唱「被遺忘的時光」？但如何能看見，看不見的……

看見的是流動的暗黑色調，受潮的球鞋，吞吐在鼻尖的冷空氣。

微雨的傍晚，長長街巷鮮少行人，歌聲一直飄蕩著，好像在訴說屋子裡的人或許也被遺忘了。人只要是孤單的時候，極易被人遺忘，也遺忘了別人。

有些人，或許也不是遺忘，而是匆匆，始終會將遇見放在心上的，那種知心亦不難喚。

也會有這樣的片刻，偶爾，在城市重逢，驚鴻一般交換多年累積的想念，才知道，對方還掛著你在心上。

看不見的，原來還有這些。

當我們去看自己的房間

診間來來往往，皆是為苦痛而來，浮世情懷，人人藏著故事。

譬如隔壁年輕男子壓低嗓子和女伴說，我們看起來像一對夫妻嗎？一定是這樣沒錯，別胡思亂想，待會兒無論醫生說什麼，配合治療會慢慢好起來的。

他身旁的女伴始終沒言語，偶爾回聲，嗯，或沉默，都聽見了，也無可奈何吧。可以陪伴朋友一起看診，可能還是陪同聆聽宣判的重要時刻，如此交情也要修得百年或千年緣分呢。

近來常至醫院看診，診間分秒看似流水逝去也漸漸變得可親，如同愛玲祖師奶奶所說，活在這世上，沒有一種感情不是千瘡百孔。

當我們來此探訪自己的另一個房間，打開私密內裡，情非得已。

不會有人無事來醫院，不得不去時，須得於一角棲身，我習慣張開眼耳。

有時醫生看診頻率奇妙，快至五分，慢至半小時，狹長診間像悶燉一鍋雜煮，個個緊挨輪番伸長脖子瞥向燈號翻動，誰也不得貿然離開，熟爛的氣氛，人人錯身擦肩都是一肚子不耐煩。

有一曼妙少女躍入視線，彷彿遙控器切換頻道來到清新草原，她穿著短褲背心腳上套著夾腳拖，啪搭啪搭小鹿輕快跳躍，筆直長腿，讓人視線為之焦灼。少女男友始終跟在小鹿尾巴後頭輕聲說，「齁，別亂走啦，等下過號，又要重來了……」

小鹿少女不安枯坐，這裡跳跳那裡蹦蹦，時而衝到窗前仰天長嘆，時而轉著大眼睛故作慢動作走過一排孕婦跟前，靜謐森林有一束活潑的鹿尾巴拂過，所有樹木皆輕輕搖擺，而樹的內裡也微微轉動抽長了。

小鹿終於厭膩，至前排座椅稍歇，定睛瞧她像是整個亮度被真空機抽離，長髮焦黃枯燥披散在椅背，纖細手腳滿布不同色度瘀青，適才森林裡放光閃爍難道是幻想？

她彷彿聽見嘆息，輕輕轉身過來看著我，甜蜜一笑，「這女醫生好多病人喔，但我願意等。」

言猶在耳，不到五分鐘，小鹿又四處跳躍，後來，我看完醫生離去也沒見著蹤影，不知蹦蹦跳跳之際，她是否又重新等待了。

上網查詢看診進度是容易的，預約單也會貼心提醒到診時間，但電腦或ＡＩ如何進步，仍敵不過人的情感。偶爾醫生看診飛快，因循往例前來者往往過號，又得和現場掛號患者輪流待診，此時預掛已成昨日黃花，實際上還得乖乖排排座。

最近一次，趕到診間報到後還是早了，得等上二十個號碼，想必醫生這日診治過程各個棘手得細心處置，整批預掛往後延遲這種狀況也是有的。

方在座椅入定，翻開稿子準備細讀，診間厚重大門忽然被約七十歲的歐吉桑用力推開，伴隨一陣嘈雜，只見他清瘦的太太罵罵咧咧於其後說，「有話好好講，就跟你說不要發脾氣啊，你這人怎麼這樣沒禮貌啦。」

診間外的女人們面面相覷，這男人吃了熊心豹子膽，怎敢衝進婦科診間造次？左右切切私語錯雜談，發現他們沒先行報到，過號此時又跳過原來預掛號碼，兩人已等待一個多小時，先生氣不過燈號亂跳便衝進診間罵醫生。

護士隨後跟來好聲解釋，弄清楚過號現場插號這些遊戲規則，先生悻悻然退到距離診間幾十公尺遠那面牆，太太也臉色漠然巴在另一側窗口，楚河漢界貌似陌路。

經過半小時，輪到太太號碼，她推門欲進之際，先生一個箭步衝過來，硬生生奪走太太掛在手腕的小布包，吶吶地說，這個很重我幫妳拿。小布包只能裝一個便當大小，太太輕輕一瞥，沒有言語，將小布包脫手遞給先生，欠身進了診間。

此刻，我和先生交換著眼神，那是不可與他人多言的默契。

當我們來到此地，沒有一個身體不是帶著故事百轉千迴而來。

跳過幾號後，眼看著終於輪到我，盯著號碼準備隨時進入診間，殊不知這準備動作猶如影片定格，待前一位號碼主人神情黯然走出診間，已然又半小時。

一進診間，醫生神情與我之前來問診無異，先是不慍不火敘述上回檢驗結果，腫瘤指數過關，但不正常出血原因是息肉作祟得切除……腹腔鏡水刀手術很簡單，不過自費部分查過保險了嗎？

高度的同理能力比起高超醫術更加難遇，女醫師不帶情感的口吻，我寧可她是看慣看淡人世傷痛。

我心已波濤難平只得盡量保持語氣冷靜，訥訥說明保險很陽春沒法實支實付手術費用。她眉頭一皺，繼續盯著螢幕超音波畫面說明，妳這個實在是太花了，不只是息肉還有肌瘤和肌腺症，還好卵巢功能正常，或許妳可以考慮摘除……因為，最後，妳還是得走到這條路。

她忽然感性憐惜我的身體，幾分鐘前的揣度在心的天秤開始傾斜，我忽然發覺始終陪伴不同女子走過這條路的她，其實才是最有同理心的人哪。

快速地思索她的語意……這條路有多遠我不清楚，但凶險不可預測的埋伏，日後將不斷磨折我的小房間，我很擔憂。

實在太花了。這句話不歇迴盪在我的小房間。

小房間自從解除兩個女兒進駐任務後，日積月累暗自裝飾了什麼鬼祟從未告知，說未告知對她也不公平，一開始每月固定日子都傳訊來，近兩年越發自閉偷懶，四請三催捎個訊露個面，又是閉門不見……

醫生見我不語，隨即說著，妳呢，籌碼很多，比起剛才耽擱半小時那位，淚流不止遲遲無法決定，她未婚啊，卻也留不住什麼了。原來，那半小時，時間毫無寬待另一個女人，她失去了她的小房間。

我的小房間功成身退看來倒是喜事。

以血肉餵養生命，將嬰兒一個個健康順遂送出小房間，臍帶連接的那把鑰匙，終於也到了歸還天地的時刻。

好，那就切除吧。

醫生驚咤抬頭看我一眼，對著陪同看診聽宣判結果的J說，很好，你們很理智，先生一起來剛好也幫妳決定了。從未如此有默契，同一秒，我們相視微笑。

他忙不迭回答，不對，誰都不能幫她決定，這是她自己的決定。

是，這是我與小房間分手的決定。

從少女時代每個月陪伴我成長的小房間，上學搭公車游泳課，考試求職結婚懷孕，每個日常時刻或重要關頭，總要敲敲小房間的門，巴結她早點出來，也會鬧脾氣詛咒她現在不來就永遠不要來，並且誓言下輩子當個男人生生世世絕不再與她相見……

八月初開完刀，醒過來手術就結束了。

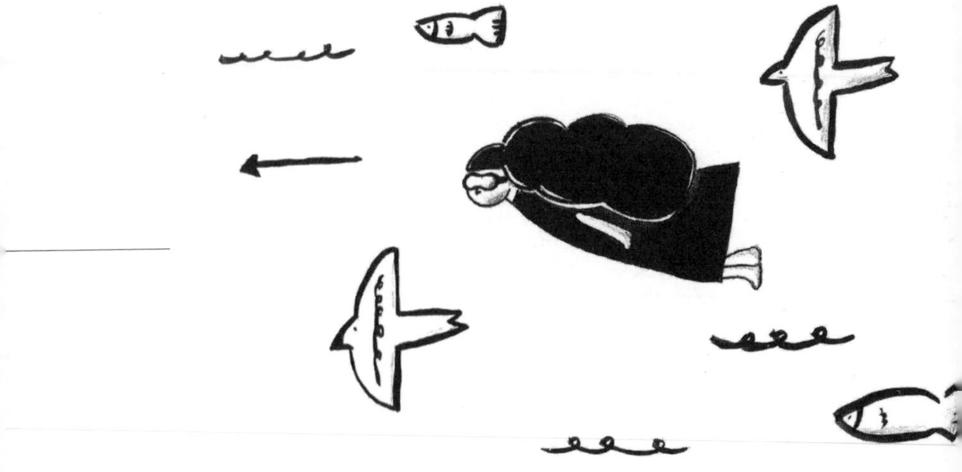

醒過來的瞬間，已經少了一個器官。如果我不說，不會有人知道那個器官是什麼。

那是身體裡的小房間。

我在家庭的 LINE 群組看到照片，很小，像緊緊握住的拳頭，再也不會張開或膨脹。

那是我初次見到她，也是最後一次。

術後，由於傷口有些狀況陸續每週回診，在診間走道遇見一對年輕母女，護士不知為何追著她說，這個週數已經不可以拿掉了，要她繼續來回診檢查。年輕媽媽尷尬微笑，小女孩則扯著她裙角甜聲問，馬麻看完醫生我們可以去買玩具嗎？

坐在診間的你我她都聽見了對話，大家似有默契垂著頭為即將來臨的生命祝福，或是哀愁，皆不可知。倘若可以停留在小女孩的年紀，煩憂也不要跟著長大該有多好呢。

想起告別小房間之前，曾有短暫一週等待檢驗報告的時間，做什麼事都提不起勁兒，忽然萌生哀傷，想著，檢驗結果若是不好，還有多少時間能陪伴家人和尚未長大的貓咪?若決心與小房間分手，她就再也沒法蓄積陰謀威脅我了對吧。

每個女人的小房間都完整我們從女孩至女性的生命史。現在，我有些明白，所謂女人，沒有一種感情不是千瘡百孔是怎麼回事，當我們去看自己的房間。

知音難尋

在圖書館借書偶爾能收意外之果實。乍看一本書的吸引，更讓人期待那一瞬，除了時間還有故事，翻著翻著，於書頁輕輕滑出。

出版社讀者回函卡，折疊用心的風琴頁書訊，這些意料之中的紙張常權充書籤功能，但作為讀者的休憩與頭痛剎那的緩衝，我想它們也不甚歡欣。有一回，困鎖在一本鮮少有人借閱的女性主義工具書，揉著疼痛的太陽穴，倏然書頁蹦躍出一張粉紅色澤極薄極輕的便條紙，彷彿一呵氣便要蒸發的紙箋，其上散布著蒼勁的鉛筆字跡。

第六感告訴我，是個拘謹的研究生寫給一位愛讀書的女孩吧。寫不出論文若能瞎編故事，不僅放鬆潛意識，也柔軟了下意識，怎麼胡天亂想皆有助推動論文進度。

「怡芳：很晚了，夜大概不睡了……這裡只餘孤燈和我，晚安。」

省略刪節號中問題意識的推敲，談過戀愛的都知曉，提問不過是障眼法，藏在魔術披風後的句子是說不出的愛啊。接續在女性稱謂後詩意的語言，或許是一堆工具書看乏了眼，有點想垂首靠在對方肩上的內心獨白，此時無聲最熨心，這是什麼話都不用說的默契。

豈料接下來男孩卻耍弄了幾句學術引文，彷彿跑錯戲班的義大利男高音，真真投射出兩人友達以上、戀人未滿的情懷。

不管怎樣，這訊息的介入讓我份外抖擻，頓時，疲乏的腦神經被這張便箋留言推拿得軟綿柔美，這是某人收到紙條的隨手夾藏，還是一則不及抵達的問候呢？

「夜大概不睡了」投射著寫紙條的這方詩意且失意的情緒，「這裡」到那裡，表示彼方完全知曉她的方位，慣常往來的區域，那是寂寥並且孤伶伶的安靜之處，徹夜不能成眠寫下的是想念還是遺忘？對方可否讀到深夜孤燈下的一點點意念？孤燈下的書寫者，推開厚重論文和工具書，寫上這張便箋是值得努力架構的未來嗎？

借走一書如同借走一段情事。

彼時寫下的隻字片語溫柔貼伏於這本書裡，在抄寫爭辯不休的女性主義論述時，得以撿拾他人的戀人絮語，得以暫且被性別解放出來的餘裕，靜心讀著，似乎雙向交流的不僅是文字，還看見了投遞訊息者壓扁在書頁中的微薄渴望。

不屬於自己支配的書，須在期限內閱讀完畢，有時超越躺在矮櫃的新書或舊書收藏的情感，因這張便條。此後，再看這本冷硬書籍多了一點悲憫之心。

觀看一段被遺忘的時光，無法定義此則音訊於時空洪流中的哪個截點，封底黏貼的到期單前次還書截止日還是夏季時間，上一季的懸念，延宕的情感該永遠夾藏書頁？或該取下或讓它繼續在圖書館層架永恆，流轉於下一個借閱者的注視？

尋常之情是否難以滿足平凡，一切未了之情，或許都怪知音難尋吧。就像福爾摩斯幸而有華生，懂得他古怪脾性，也嫻熟他思考脈絡；彷彿寫作者也喜愛在作品裡藏匿跳舞小人的線索，而知音又有幾人呢？

再三翻找這本書，僅一單薄線索，未獲解答的謎，終究殘念。我僅能加入的隱喻是將這張便條再次夾藏書頁，同一頁的位置，延續他人想像。

或許，這張紙箋終將失去被珍視的眼光，只好仰賴陌生人的多情，再為它推敲一段情事。

不存在的節日：完蛋節

十二月三十一日這天是完蛋節，你還不知道嗎？

我每年都在這一天感到崩潰，又同時覺得這一天可以拋開一切沒頭沒腦、沒有結尾的事非常合理，不必固執的非得為它畫上句點。這一天，適合享受完蛋滋味。

完蛋還享受什麼呢？當然是享受這一年的成果。努力或不努力的人，嘗試努力還有努力到一半尚未成功，都有享受完蛋節的權力。每個人都可以盡情享受完蛋的一天。

這一年將要過完，最後一天根本是無效天數，在完蛋節這天，誰還有心工作呢。

完蛋節在元旦前一天，也是為了打破完美主義而存在的節日，請盡量在這天享受一切搞砸的滋味。畢竟，完蛋節隔天，大家又能萬象更新。

準備跨年這一天，必須進行「完蛋儀式」，將自己像是敲破蛋殼，和過去一拍兩散，從頭到腳，倒個精光。這樣才能以全新的自己，迎接新的年來臨。

不論是好是壞，一年容易又結束嘛，元旦前一天，我會翻開「舊行事曆」，看看這一年來的週計畫、月計畫，所有的格子和框線，各種顏色的筆跡註記，各種死線曾經如何整得我有苦說不出、有痛無處訴。

行事曆中的數字收支記錄或幾句話透露的微訊息，甚至還貼上紙膠帶或可愛貼紙標誌著多少幻想，從元旦一路翻到十二月三十一日這頁，總有幾天擁有淺淺淺淺的喜悅，卻又深深深深的將我打敗。

所有的「完」字，像是期待連載漫畫直到最後一集的圓滿結局，或是電影劇終的 The end 傳遞著滿足愉悅。但真實人生卻充滿柳照暗花不明的諸多考驗，要逼出多少邊邊角角的腦渣和隱藏版潛力，才能安穩歡呼度過一年哪。

「完」這個字在教育部國語字典的解釋是：指事情的結束。如：「完成」、「完工」、「完結」、「完畢」、「完稿」。這個「完」字，彷彿一個個戳印，檢驗著庸庸碌碌的人生，合格、不合格，通過、不通過……每日每週每月，我們都在追求完美達成目標。

一年的最後一天，誰都可以大喊：真的他媽的夠了——

在完蛋節這天，快放下所有的完美主義。我的書稿畫稿堆滿天也無法神蹟似完稿，報告寫不完真的不差這一天，你未完工的房屋裝潢逼迫師傅跳樓趕工都沒用，更別提減不了的肥肉和永遠無法斷捨離的衣櫃……

剩下十幾個小時，即將和這一年說再見，有些人，錯過不再遇見也不要感傷，有些夢，不要再追免得白費力氣，所有目標已失效，不顧一切可以做廢的自由不會天長地久，你又何必一定要擁有。

完蛋節這天，你是失去動力的人。

沒有動力的我，是抽掉所有骨骼的海綿寶寶，只想住在深海大鳳梨，聽不見任何催促與嘆息。彷彿拿走電池的時鐘，靜止在這一天，不想前進，沒人會怪你，就是要擺爛過完這一天，讓完蛋的感覺緊緊包圍你。

錯過不留戀，搞砸也不需愧疚，無盡的厭世沮喪代表完蛋指數來到最高點，大腦運作很正常。

這一年我們都努力過了，只有完蛋節一事無成，虛度一日時光根本不算什麼。如果仍有惆悵的感覺，這樣很好，代表你和我一樣沉浸在完蛋節慵懶的氛圍，無法自拔。

完蛋節還可以這樣過：準備一個白煮蛋，敲敲蛋殼，光溜溜赤裸裸潔白的蛋置放在手心，告訴自己過去一年完蛋的都已完蛋，明天開始，自己又是一個全新的人。

過完這一天，消失的願望、沒有結果的事，一切都可以重新開始，之前百般糾結現在看來不過是個笑話。

一年最後一天，你可以提早計畫徹夜狂歡迎接新年，譬如傍晚時分去市府廣場、遊樂園，佔個好位置觀賞一〇一煙火或是跨年晚會，準備跨年的人在完蛋節最後一刻，請記得拿出一本新的行事曆，為自己的願望在明年劃個良辰吉位，這很容易振奮人心。

小時候的作文最常寫的題目「我的志願」、「我希望……」，我們都曾經期許自己達成不同目標，譬如一週背完一百個英文單字、一個月讀完三本小說、在夏天結束之前學會游泳、為了她一定要成為更好的人、一起考托福前往夢想的國度……

完蛋節的最後儀式，請將所有美好夢想都填進明年的格子，像一支拉滿弓的箭，翻開新年第一頁，直接命中目標。

當你左手拿著舊版行事曆想起其他三百六十四天，自己努力過完這一年，請告訴自己完蛋一天是道德的，這一天請盡情擺爛，瘋癲狂歡。請你的右手預備好一本全新的手帳，填進所有美好願想，好好迎接新的一年。

最後，別忘了準確填進完蛋節那個格子，明年最後一天，繼續享受完蛋滋味，謝謝完蛋的自己。

這邊的我，那邊的你

我不知道如何寫散文，但特別喜歡的散文口吻像附在耳邊說話，不動聲色的，徐緩地，讀著讀著，不自覺進入真空狀態，彷彿整個世界只有自己和文字。

然後，我會在那篇散文摺個貓耳，心緒有些震顫的字句劃上淡淡鉛筆線，完成喜歡的儀式。相較寫，我更樂意閱讀其他作家的好文，讀到不夠誠懇或出賣別人的文字，我會悶悶地生氣。

氣的是深知得耗費精神方能寫出這些文字，每個字帶著疼痛，卻還不夠真。說不真也有某種程度的真切，讀到這樣的散文非常驚嚇，文字有刀，也剜出了血肉骨骸，但我在意的是長時間纏繞在他者的心魔，怎麼就能不經由他人同意便輕易釋放於筆下。

或者，這類散文不是我心中真正的散文，好像那些文字是攀附在別人身上長出的青苔或黴。

蒙聯合文學總編輯昭翡姊青睞，她讀過我零星發表的散文，幾度建議我不妨將之集結出版。《我只是來借個靈感》開始集書後，陸續整理約莫十年來發表的篇章，相較長篇小說的日日操練，發覺自己實在不勤勉散文，總是仰賴編輯邀稿，才願意掏出一點點，而那一點點甚至也出賣了至親好友。

原來，我的文字也是青苔地衣之類，從我陰暗的內心萌芽，在他們身上長出覆蓋原始事件或情感的形狀。我很抱歉，剝奪了他們的話語權。

但他們至今從不曾想過話語權是什麼，他們的話語不只是權力，也是刀或戟，為人子那天起，承接骨血毛髮便是有朝之日得以回報終身。身而為人子，不只抱歉，還得永遠抱歉。

在這邊的我，很想對你說，謝謝你好好的撐過了那些無望的時間。那邊的你，或許也很想對我說，如果沒有寫作，你還會活蹦亂跳丟開一切去旅行嗎？

或者因為還能寫作，活得好好的，勉勉強強是件我還能繼續的事吧。活蹦亂跳去旅行和寫作沒有必然的關係。減少其一，不寫，麻木地活會比較空虛疲累；寫呢？讓活不致賴活，寫作這件事也因此和活蹦亂跳去旅行，彼此相依而有點意義。

怎麼和你說呢？

我知道你曾經想放棄寫也放棄活，你棄意義如糞土，為了狗屁意義可以不要活比較自在，畢竟只有你感覺痛苦，他們根本活得很有自己的意義。

這種事和成長順遂一路平安的人提起，大家只會輕巧地要你走出陰影。許多時刻你我只要閉上眼，總是直接墜入永夜的時空。有幸得愛眷顧的人，始終認為陽光普照眾生多麼公平，怎會懂得有種陰影是走不出來的。

長在人身陰暗處那黴的菌絲也是從他們那裡攜帶，不只滿布我人生前半，更隨風遠颺來到人生後半。有一天，我忽然覺得自己在浪費生命，實在是耗費太多時間怨懟和追尋關於血緣的牽絆與虧欠。

這麼說好了，始終被所有負面的情感糾纏著，你也同樣束手無策對吧。問題是那邊的他們慢慢地來到這邊，衰老的都是肉體和時間，思維卻不曾改變啊。

最終，我方才了解，自己是自己最深最痛最好的素材，只要能忘卻傷感，開放己身成為靈感。當自己成為題材的一部分，所見所聞所思所想，無不是寫作的靈感了。

此時，因為種種緣故 J 改變生涯規劃，提早退休，J 的決定一併連動我的作息，退休的人擁有自由也理直氣壯開始任性，粗茶淡飯無所謂，苛刻生活無所謂，我們所有辛勤累積的收入都用在旅行。

在外旅行，求的不過就是將一個家暫時丟在身後，將所有不願面對的人情世故丟在背後，也將不想處理的鳥事丟在相差十萬八千里的腦後。不管是什麼後面的後面，終究還是要回來面對的我知道，那麼，你會說這樣天涯海角的算是逃避還是逃跑，圖的是什麼啊？

圖的是什麼啊？不只一次我問自己也問J，圖的是兩人老後也不後悔吧。遠行復回返，我繼續工作繼續前往遠方旅行，不斷倒帶重來絲毫不厭倦。

寫作置放於日常生活是一件不干擾他人，又能自得其樂的事，若是少了閱讀和寫作，我不能想像你是如何長時間在乾涸的荒涼沙漠爬行，又如何能理解他人的缺乏是怎麼一回事。

維吉尼亞．吳爾芙曾對沉浸於書寫的女性這麼說：「我衷心希望各位去寫各式各類的書，不論題材有多瑣碎，多廣博，請勿躊躇不前。偷拐搶騙在所不惜，只希望各位想方設法務必弄到錢去旅行，去閒晃，去思索世界的未來或是世界的過去，去捧著書發呆，去街角逛一逛，任由腦中的思緒細線沈落到長川深處。」

你不妨想像暫時作為一個什麼都不牽絆的旅人，將一切都丟在大家都覺得不可以這樣的後面，再好好的回到一個滿是牽絆的地方生活，這就是簡單不過關於旅行的意義一種。而且這是唯一勞動身體奔波千萬里也甘之如飴的事。

剛開始寫作那十年，不論正職或兼職輪番煎熬身心，不能快意地寫亦無法移動到遠方，幾乎將要死灰的創作，在最近這幾年卻像是忽然向過去或未來時間的自己借來了靈感，每年寫一本小說或散文規律推進著。

「膽小鬼連幸福都會害怕，碰到棉花都會受傷，有時還被幸福所傷。」

現在的我有點像無賴太宰治所說，有時感到很罪惡，尤其在抵達玻利維亞的「天空之鏡」，發覺自己怎麼會擁有全世界的棉花糖哪。但有時又很喜歡目前的下半場，可能是將把所有恐懼集中在上半場傾倒而空，接下來也該輪到幸福的機會了吧。

當你走到這邊來，也會發現自己沒有放棄自己這是人生最大的幸福，並且喜歡寫作的自己，比以前更加地喜歡。

怎麼說呢？彷彿是換了另一個人生，能夠重新看待這個世界所給予的善意那樣喜歡喔。

國家圖書館出版品預行編目資料

我只是來借個靈感 / 凌明玉著 .
-- 初版 . -- 臺北市 : 聯合文學 , 2020.3
256 面 ;14.8×21 公分 . --（聯合文叢 ; 658）

ISBN 978-986-323-336-7（平裝）

863.55　　109002169

聯合文叢 658

我只是來借個靈感

作　　者／凌明玉
發 行 人／張寶琴

總 編 輯／周昭翡
主　　編／蕭仁豪
資深編輯／尹蓓芳
編　　輯／林劭璜
繪　　者／劉詠心
資深美編／戴榮芝
業務部總經理／李文吉
行銷企劃／蔡昀庭
發行專員／簡聖峰
財 務 部／趙玉瑩　韋秀英
人事行政組／李懷瑩
版權管理／蕭仁豪

法律顧問／理律法律事務所
陳長文律師、蔣大中律師

出 版 者／聯合文學出版社股份有限公司
地　　址／(110)台北市基隆路一段 178 號 10 樓
電　　話／(02)27666759 轉 5107
傳　　真／(02)27567914
郵撥帳號／ 17623526 聯合文學出版社股份有限公司
登 記 證／行政院新聞局局版台業字第 6109 號
網　　址／http://unitas.udngroup.com.tw
E-mail:unitas@udngroup.com.tw

印 刷 廠／沐春行銷創意有限公司
總 經 銷／聯合發行股份有限公司
地　　址／(231)新北市新店區寶橋路235巷6弄6號2樓
電　　話／(02)29178022

出版日期／ 2020 年3 月　初版
定　　價／ 330 元

ISBN 978-986-323-336-7（平裝）